KB059395

마흔이
처음이라

마흔이 처음이라

초판 1쇄 인쇄 _ 2022년 11월 5일
초판 1쇄 발행 _ 2022년 11월 15일

지은이 _ 황상열

펴낸곳 _ 바이북스
펴낸이 _ 윤옥초
책임 편집 _ 김태윤, 박하원
책임 디자인 _ 이민영, 이정은

ISBN _ 979-11-5877-315-1 03800

등록 _ 2005. 7. 12 | 제 313-2005-000148호

서울시 영등포구 선유로49길 23 아이에스비즈타워2차 1005호
편집 02)333-0812 | **마케팅** 02)333-9918 | **팩스** 02)333-9960
이메일 bybooks85@gmail.com
블로그 https://blog.naver.com/bybooks85

책값은 뒤표지에 있습니다.
책으로 아름다운 세상을 만듭니다. — 바이북스

미래를 함께 꿈꿀 작가님의 참신한 아이디어나 원고를 기다립니다.
이메일로 접수한 원고는 검토 후 연락드리겠습니다.

흔들리는

불혹을 위한 인생 공부

마흔이 처음이라

황상열 지음

마흔과 쉰 사이에서

2022년 2월 한 원룸형 오피스텔에서 한 50대 남자가 숨진 채 발견되었다는 소식을 접했다. 치우지 않은 쓰레기와 먹다 남은 컵라면, 배달음식이 널브러진 사진을 보니 착잡했다. 방 한구석에 놓인 2008년 증권사가 시상한 모의주식투자 상패만이 그의 예전 화려한 추억을 대변하는 듯하다.

30대 초반부터 이런 중년 남성의 고독사를 보면 왜 그렇게 살았을까 하며 손가락질했다. 죽기 전까지 그가 어떻게 살아왔는지 헤아리지도 못하면서 단지 그의 마지막 모습만 보고 판단한 것이다. 하지만 이제 마흔 중반의 나이가 되니 '나도 저렇게 되지 않을까?' 하는 불안감과 두려움이 앞서는 게 사실이다.

기사에 나오는 남자에게는 주변에 찾아오는 사람도 없었다고 전해진다. 어차피 죽을 때 혼자 간다고 하지만, 살아있을 때 주위에 사람이 없는 것처럼 쓸쓸한 인생이 없다. 10년 전 인생의 나락으로 떨어졌던 순간을 이겨낼 수 있었던 것도 나를 위로하고 응원해준 가족과 소수의 친구들 덕분이었다.

잘 나가던 팀장 시절 끊이지 않았던 전화가 하루 아침에 정말 단 한 통도 울리지 않았다. 힘들다는 지인들을 발 벗고 내 일처럼 도와주었지만, 정작 내가 힘든 시기에는 아무도 없었다. 기사에 나온 50대 남자는 이혼까지 했다고 하니 챙겨줄 가족도 친구도 없었을 것이다. 죽는 그날까지 고독과 싸웠다는 생각이 드니 참 씁쓸했다.

참으로 힘겨운 나날을 보내던 35살 어느날, 서점에서 오구라 히로시의 《서른과 마흔 사이》라는 책을 발견했다. 앞으로 어떻게 살아야 할지에 대한 고민의 해답을 이 책에서 조금씩 찾을 수 있었다. 마흔 전에 무조건 '성공'해야겠다고 조급하게 생각했다. 욕심만 컸다. 이 책을 통해 '성장'할 수 있다는 사실을 깨닫게 되었다. 욕심을 버리고 나를 다시 찾기 위해 독서와 글쓰기를 시작했다. 30대 후반에 만난 이 두 가지가 내 마흔의 인생을 완전히 바꾸어 놓았다.

다시 40대의 딱 중간 나이가 되니 50대를 어떻게 맞아야 할지 또 고민이다. 30대까지는 실패하더라도 다시 한 번 재기할 수 있다. 하지만 지금 40, 50대의 중년 남자들이 이 나이에 나락으로 떨어지면 다시 한 번 일어서기가 힘든 것이 현실이다. 이제 내가 회사에서 45살이 넘으면 짐을 싸서 나간다는 사오정에 해당되었다고 생각하니 두렵기도 하다.

마흔과 쉰 사이에서 다시 한 번 내 인생의 방향을 설정하는 기로에 섰다. 심각하게 생각하고 싶지 않지만 현실은 그렇게 녹록지 않다. 점점 커가는 아이들의 양육비, 늙어가는 부모님의 뒷바라지 등등 들어가는 돈도 상당하다. 회사에서도 올라오는 후배들에게 점점 치인다. 임원이 되지 못하면 다른 일을 찾아야 한다. 임원이 되더라도 실적을 쌓지 못하면 잘리는 게 현실이다.

마흔 이후에는 어떻게 하면 인생을 잘 살 수 있을까? 그 답을 찾기 위해 다시 한 번 매일 책을 읽고 실생활에 적용했다. 그렇게 얻은 경험과 단상을 글로 옮겼다. 여전히 부족하지만 마흔 이후에 어떻게 살아야 할지에 대해 소개하고 같이 나누고 싶어 이 책을 쓰게 되었다. 이 책에서 소개한 마흔의 인생 공부를 통해 당신의 인생도 멋지고 근사하게 바뀌길 소망한다.

2022년 10월 저자 황상열

차 례

1부 마흔, 왜 공부가 필요한가?

2부 마흔의 진짜 인생 공부

마흔의 독서와 글쓰기 공부

4부 마흔의 감정과 관계 공부

5부 마흔, 지금 이 순간을 사랑하자

1부

마흔, 왜 공부가 필요한가?

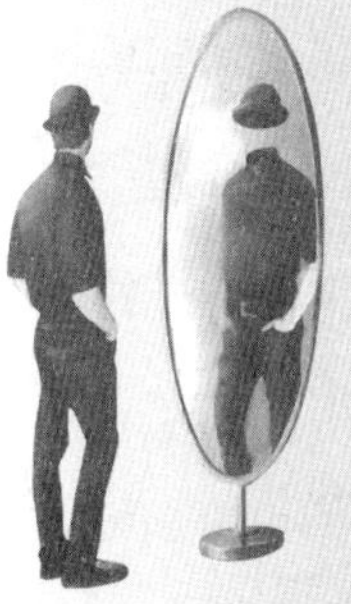

마흔, 인문학 공부가 필요한 이유

요새 집에 있으면 아홉 살 둘째 아이와 시간을 많이 보낸다. 현재 2학년 아들은 생각하는 것 자체를 싫어한다. 문제집을 풀 때도 마찬가지다. 문제를 읽고 이해를 하고 답을 찾아야 하는데, 그 과정을 건너뛰기 일쑤다. 이 문제가 요구하는 것이 무엇인지 생각을 해야 하는데, 한 번 읽고 나서 곧바로 나에게 무슨 뜻인지 물어본다.

몇 번 더 읽고 의미를 파악해 보라고 타일러 보지만 쉽게 되지 않는다. 참을성이 없는 아들에게 그 이상을 요구하는 것은 무리라는 판단에 같이 읽어보고 뜻을 알려주었다.

그맘때 나도 마찬가지였다. 문제가 이해되지 않으면 답을 찍었다. 물론 그 문제의 의미를 어렴풋이 알고 있더라도 어렵다고 판단되면 생각하지 않았다. 그 시절 교육은 생각하는 것보다는 무조건 외우라는 암기 위주가 많았다.

답이 딱 정해져 있는 일방통행의 획일적인 교육이었다. 어떤 문제에 대해서 '왜?'라는 질문을 해 본 경우가 거의 없었다. 문제의 본질이 무엇인지, 왜 이 문제를 풀어야 하는지 등등 고민을 거의 하지 않았다.

'왜?'라는 질문을 해본 적이 없다 보니 성인이 되어서도 어떤 문제가 생기면 해결방법을 찾는 것이 아니라 도망치기 바빴다. 시험을 보면 딱 하나의 정답이 있어서 편했는데, 인생은 정해진 답이 없다는 사실을 나이가 들면서 점점 깨닫게 되었다. 공부를 하면서 지식은 늘어갔지만, 다양한 문제에 대응하기에는 역부족이었다. 결국 내 인생의 문제가 발생할 때마다 도망만 치다가 나락으로 떨어졌다. 정말 앞이 보이지 않을 정도로 깊은 수렁에 빠졌다.

다시 살기 위해 선택한 수단이 바로 책과 글이었다. 우선 다양한 책을 통해서 앞으로 어떻게 살아야 할지 인생의 방향을 다시 찾기 시작했다. 학창시절에 배운 정해진 공식은 인생이란 시험에서 더 이상 통하지 않았다.

읽고 쓰면서 서로 다른 관점에서 어떤 인생이 가장 나에게 좋을지 생각하고 또 생각했다. '왜 내 인생은 이렇게 실패했을까? 무엇이 문제였을까? 앞으로 어떻게 해야 이 난관을 타개할 수 있을까?' 등에 대한 답을 찾기 위해 매일 독서하고 사색했다. 이 시점에서 인문학을 만나게 되었다. 내가 생각하는 인문학은 이전의 글에서도 밝혔듯이 '나 자신을 알아가는 공부'라고 정의했다.

공부를 열심히 해서 좋은 대학을 졸업하고 좋은 직장에 들어가는 것이 인생의 유일한 성공 법칙이라고 여겼다. 그것이 산산이 무너지고 나서야 인생살이가 쉽지 않다는 것을 뼈저리게 느꼈다. 특히 지금처럼 하루가 다르게 빨리 변하는 사회에서는 다양한 문제에 정해진 답을 가지고 같은 관점으로만 바라본다면 해결책을 찾을 수 없다. 그것을 풀어줄 열쇠가 인문학이다.

이렇게 어수선한 시대에 살아남기 위해서는 이제부터라도 인문학을 공부해야 한다. 그래야 문제의 본질을 보고 어떤 것이 옳고 그른지, 내가 어떤 선택을 해야 올바른 인생을 살아갈

어떤 문제나 상황이 생기면 '왜?'라는 질문을 던져보자.
이렇게 조금씩 인문학 공부를 하다 보면
인생에 큰 문제가 발생했을 때 당황하지 않고
더 슬기롭게 넘길 수 있을지 모르니까.

수 있는지 판단할 수 있기 때문이다.

인생을 살아가는 방법은 다양하다. 내 주변을 봐도 각자 자신만의 인생 공식으로 멋지게 살아가는 사람이 많다. 그들은 인생의 굴곡이 있었지만, 인문학을 만나 자신을 성찰하고 사색한 끝에 성과를 만들었다. 지금까지 한 개의 정답으로 잘 살아왔던 사람이라도 분명히 한 번쯤은 인생의 고비를 겪게 된다.

지금부터라도 어떤 문제나 상황이 생기면 '왜?'라는 질문을 던져보자. 이렇게 조금씩 인문학 공부를 하다 보면 인생에 큰 문제가 발생했을 때 당황하지 않고 더 슬기롭게 넘길 수 있을지 모르니까. 오늘도 인문학 책을 들어본다.

일상에서 찾는 인문학

설날이다. 문자나 카카오톡 메시지로 수많은 새해 인사가 오고 간다. 1월 1일이라는 숫자가 주는 의미가 강력하다. 왜인지 새해 첫날이 되면 지나간 것에 대해 유독 아쉬워하고 앞으로 더 잘해야겠다고 다짐한다. 분명히 설 연휴 전까지 새 책 초고는 마무리하자고 했는데, 그렇지 못했다. 연휴가 시작되면서 초고 마무리를 어떻게 해야 할지, 또 올해는 어떤 방향으로 나아가야 할지 고민한다.

매일 일상에서 우리는 크고 작은 문제를 만난다. 나의 경우 아침에 일어나서 어떤 옷을 입어야 할지, 무엇을 먹어야 할지, 출근할 때 몇 번 버스를 타야 할지, 사무실에 도착하면 어떤 업무를 처리해야 할지 등등이 그것이다.

아내 입장에서는 아이들을 깨워 어떤 옷을 입힐지, 누구부터 깨워서 학교와 유치원에 보낼지 등의 문제가 있다. 아이들 입장에서는 오늘 학교를 가야 할지 말아야 할지, 숙제를 할지 말아야 할지 등등이 있다. 아이들도 자기 입장에서 매일 사소한 문제와 마주한다.

이런 일상에서 마주하는 문제들을 해결하기 위해서 우리는 하나를 선택한다. 문제 해결 방법 중에 가장 합리적이거나 현실적으로 가능한 것이 선택의 기준이 된다. 그 기준을 판단하는 것이 바로 인문학이 될 수 있다. 꼭 심각하고 무거운 철학적인 판단이 개입되어 나를 알아가는 공부가 인문학이 아니다. 이렇게 일상의 사소한 문제가 생겼을 때 판단할 수 있는 토대를 마련할 수 있게 해주는 학문이 인문학이다.

꼭 인생에서 가장 큰 위기가 찾아와 바닥을 친다거나 문득 실직, 육아 등을 접하면서 다른 사람을 위해서 살고 있는 '나'라는 사람의 정체성이 궁금할 때 인문학을 찾는 사람들을 많이 만났다. 철학자 이름과 사상을 달달 외워서 인문학을 논하는 사람도 많이 만났다. 그러나 그들의 인생 자체가 정말 그 사상을 따라 살고 있는지 의문이 들었다.

한편 인생에 무언가 거창한 이벤트가 생겨야 인문학을 만나는 것처럼 포장되었다. 그저 유행하고 다른 사람들도 모두 공부해야 한다고 외치니까 덩달아서 아무 생각없이 나도 공부해보아야겠다라는 발상은 위험하다.

인문학은 본래 내 인생에 생기는 모든 문제를 함께 고민하며 답을 찾아가는 과정이다. 인생은 내가 매일 만나고 접하는 일상의 합이다. 결국 인문학을 통해 우리는 매일 일상에서 마주하는 고민이나 문제를 해결한다. 오늘도 아이들과 무엇을 하며 시간을 보내야 할지 어떤 글을 써야 할지 등의 문제가 기다리고 있다.

프랑스의 철학자 앙리 르페브르가 말한 대로 '일상 속에서 살며 일상을 체험하되, 일상을 그냥 수락하지 말고 비판적 거리를 유지하며 생각하면서 답을 찾아가는' 인문학적 일상을 오늘도 같이 영위하기를 바란다. 인문학과 일상은 그리 멀리 있지 않다.

인문학은 나를 발견하는 학문

2019년부터 지금까지 푹 빠져 있는 분야가 인문학이다. 여전히 감정의 기복이 심하고 관계에 서툴며 불완전한 나를 어떻게 하면 바꿀 수 있을지 늘 고민한다. 그 해결책을 인문학 공부를 하면서 찾고 있다. 인문학의 뜻을 사전에서 찾아보니 '인간과 관련된 근원적인 문제나 사상, 문화 등을 중심적으로 연구하는 학문'이라고 나온다.

즉 인간이 가진 보편적인 주제를 공부하여 나다운 삶을 살 수 있게 도와주는 학문인 것이다. 그렇게 되고 싶어 많은 인문학 책을 읽고 있는 중이다.《만인의 인문학》이란 책도 이런 타이밍에 읽게 되었다. 저자 도정일은 오랫동안 우리나라의 실천적인 지성인으로 알려진 분이다. 이 책은 저자가 30년 동안 인문학에 대한 자신의 생각을 정리한 칼럼을 모아놓았다. 100개의 눈으로 보는 아고스와 같이 각각의 주제마다 저자의 깊이 있고 날카로운 통찰력이 잘 나타나 있다.

> "삶은 이야기처럼 짜여지고, 이야기처럼 진행된다. 삶이 이야기처럼 짜여지는 것은 인생살이가 이야기의 구조를 갖고 있다는 말이기도 하다. 시학은 문학에 대한 담론이지만, 삶이 마치 한 편의 이야기처럼 이야기의 구조로 짜여지고 진행되는 한 그 삶은 동시에 시학의 대상이다. 삶을 대상으로 하는 시학을 우리는 '삶의 시학(poetics of living)'이라 부를 수 있다."

인생은 한 편의 소설이다. 그 인생을 이끌어가는 주인공은 바로 나 자신이다. 소설은 이야기의 흐름대로 진행된다. 즉 내가 어떤 구조를 만들어 스토리를 쓰느냐에 따라 인생이라는 소설의 전개방식은 달라진다. 성공을 위한 소설을 쓰고 싶으면 극적인 도전 과정을 통해 극복하는 이야기를 그려내면 된다. 오늘도 나는 나만의 이야기로 인생이라는 소설 무대를 써내려가는 중이다.

"인문학은 사람이 사람으로 이 지상에 산다는 것의 의미, 가치, 목적을 생각하고 표현하고 실천하려는 지적, 심미적, 윤리적 활동을 포함한다. 더 짧게 요약하면 삶의 영광을 확인하고 높이려는 것이 인문학이다."

인문학에 대해 저자가 통찰력 있게 정의를 내린 점이 인상적이다. 지상에 살고 있는 모든 사람들이 자신이 살아가는 의미와 가치, 목적을 고민한다. 그 해답을 찾기 위해 자신의 일상을 관찰하거나 책을 읽고 강의를 듣거나 사색한다. 그 활동을 통해 인생의 좋은 순간을 맞이하고 내 자존감을 높여주는 학문이 인문학이 아닐까 한다.

"태어나서 살다가 죽었다 하는 것은 인간의 생물학적 전기이다. 그러나 그가 어떻게 살았고, 무슨 고통을 겪었으며, 무엇을 행복으로 생각했는가라는 대목에서 그의 삶의 자서전은 생물학적 결정의 차원을 벗어난다."

많은 사람들은 태어나면 언젠간 죽는다는 사실을 저자는 '생물학적 전기'라고 정의했다. 즉 사람을 포함한 지구상의 모든 생물은 태어나면 언젠가는 죽는다. 생물과는 다르게 사람의 일생은 행복과 불행의 반복으로 점쳐진다. 그 안에서 어떻게 받아들이고 헤쳐나가느냐에 따라 생물학적 결정의 차원에서 벗어난 진짜 인생의 결과가 결정된다. 눈을 감기 전의 고통보다 행복이 큰 기억을 남기고 싶어 오늘도 즐겁게 살아보려고 한다.

역시 연륜이 있다 보니 풍부한 지식과 넓은 어휘력이 각 장마다 넘친다. 재미있게 읽었지만, 솔직히 내용이 좀 어려운 부분도 있었다. 저자가 이 책에서 말하는 핵심 메시지는 인문학이 소수의 전유물이 아니라 만인에게 쉽게 전달하고, 생각의 힘을 키워 자신의 삶을 행복하게 살 수 있도록 도와주는 것이다. 많은 사람들이 인문학을 통해 자신의 내면을 채웠으면 하는 것이 나의 바람이다.

"인문학은 결국 사람답게 살 수 있도록 도와주는 유일한 학문이다."

내가 생각하는 진짜 인문학이란?

SNS에서 인문학 이야기를 부쩍 많이 본다. 몇 년 전부터 인문학 열풍이 불면서 내 주변만 봐도 인문학 책을 읽거나 모임에 나가는 사람이 많아지고 있다. 도대체 인문학이 뭐길래 이렇게 사람들이 열광하고 심취하는지 궁금했다. 우선 인문학의 사전적 의미를 찾아보았다.

'인간과 관련된 근원적인 문제나 사상, 문화 등을 중심적으로 연구하는 학문'

쉽게 이야기하면 인문학은 사람을 공부하는 학문이다. 자연과학과 기술의 발달로 세상은 점점 더 편리하게 변하고 있지만, 획일적인 정책으로 점점 인간 개개인에게 소홀해지고 있다. 개인주의의 확산으로 서로 간의 유대관계가 희미해지고 소통이 많이 없어지고 있다. 메말라가는 감정으로 인해 조금만 건드려도 싸움이 나고, 심각하게는 사람을 심하게 때리고 죽이는 결과까지 나오고 있다. 이런 것을 방지하기 위해서 인문학을 공부해야 하는 이유가 여기에 있다고 본다.

요새 후배들을 보면 내가 누구인지, 어떻게 살아야 하는지, 왜 살고 있는지에 대해 생각해 본 적이 없다고 한다. 하긴 나도 2, 30대 시절에는 이런 생각을 별로 해본 적이 없었다. 학교를 졸업했으니 취업과 결혼 등을 당연히 해야 한다고 여겼다. 내가 어떤 목표를 위해 살고 있는지, 나의 성향이 어떤 일과 맞는지……. 위의 질문과 더불어 심각하게 고민을 해본 적이 없다.

힘든 시절을 겪고 책을 읽으면서 나를 알아가는 여정이 시작되었다. 해고를 당한 이유가 무엇일까? 나에게 왜 이런 시련을 주는 것일까? 과연 나는 어떻게 이 어려움을 헤쳐나가야 할까? 등등 꼬리에 꼬리를 무는 질문이 내 머릿속을 맴돌았다. 자기계발서를 읽으면서 어떻게 나를 변화시켜야 할지 하나씩 그 답을 찾아나갔다. 여전히 다 찾지 못했지만, 한 권의 책을 읽을 때마다 적용시킬 수 있는 메시지가 하나라도 있으면 실천했다. 그것이 아마도 내가 인문학에 관심을 갖게 된 첫 계기가 아닐까 싶다.

몇 년 전 독서모임에서 DJ래피의 《세상은 됐고 나를 바꾼다》를 읽으면서 동양고전에 관심을 갖게 되었다. 인문학을 더 깊이 있게 공부하기 위해서는 동양 고전을 읽어야 한다는 생각이 들었다. 《논어》, 《명심보감》, 《맹자》 등을 해석한 해설서를 읽으면서 고전 읽기도 진행 중에 있다. 조윤제 저자의 《다산의 마지막 공부》, 《우아한 승부사》 등에 언급된 고전 구절도 시간이 되면 한 번씩 스스로 해석하여 정리해 볼 계획이다.

앞으로도 나 자신에 대해 더 알아보고 어떻게 살아야 할지 고민하고 공부해 보고자 한다. 인문학을 공부하다 보면 더 나아가 사람과의 관계, 감정조절, 소통하기 등 더 많은 것을 연결할 수 있다. 인문학을 공부하면서 가장 중요한 것은 고전을 읽거나 강의를 듣고 난 내용을 외우거나 이해하는 선에서 끝나는 게 아니라 직접 생각하고 고민하여 자기 생활에 적용하고 실천해야 한다는 점이다. 당장 오늘부터 내 일상에서 마주치고 만나는 모든 사람, 대상을 통해 조금씩 익히고 배우면서 인문학을 다시 만나고자 한다.

'내가 생각하는 인문학은 나 자신을 찾아가는 공부이다.'

"내가 생각하는 인문학은
나 자신을 찾아가는 공부이다."

내가 다시
공부를 하는 이유

어린 시절 공부를 잘한다는 소리를 많이 들었다. 사실이다. 첫 줄부터 읽는 사람이 재수없다 할지 모르겠다. 초등학교 1학년 시절부터 혼자 공부하면서 모르는 것을 알게 되는 재미를 느꼈다. 하나씩 지식을 쌓을 때마다 뭔가 뿌듯함이 있었다. 좋은 대학을 가야 성공할 수 있다는 부모님의 기대에 부응하기 위해 학년이 올라갈수록 더 열심히 공부했다. 성적이 잘 나오기는 했지만, 때로 잘 나오지 않을 때는 스트레스를 받기도 했다. 경쟁에서 이기기 위해 쉬지 않고 달렸던 시기다.

수능을 망쳤지만, 다시 수험생활을 하기 싫어서 점수에 맞추어 대학에 진학했다. 명문대에 진학하지 못한 상실감이 컸지만, 현실에 순응했다. 내가 할 수 있는 최선을 다해 또 열심히 공부했다. 그 시절 공부는 당연히 좋은 직장에 가기 위함이었다. 하지만 많은 스펙을 쌓았음에도 불구하고 원하는 직장에 가지 못했다.

집안의 경제적인 어려움으로 인해 전공을 살려 작은 설계 회사에 취업했다. 그때부터 12년 동안 발주처 등의 갑질, 임금 체불, 높은 업무 강도 등의 이유로 여러 회사를 전전했다. 어디에도 정착하지 못하고 떠돌이 생활을 하면서 신세 한탄만 했다. 내 인생이 어쩌다 이렇게 되었는지 한숨만 나왔다. 학창시절 나름대로 열심히 공부했던 지식은 쓸모가 없었다. 앞으로 어떻게 인생을 헤쳐나가야 할지 막막했다.

남 탓 세상 탓만 하면서 스트레스를 풀기 위해 술을 많이 마셨다. 사람들을 만나 답답한 속내를 풀면 기분이 좋아졌다. 하지만 그 순간뿐이었다. 사람들과 헤어지고 오면 다시 허무해졌다. 아침에 일어나면 숙취와 함께 다시 우울해졌다. 내 인생의 변화를 가져올 근본적인 해결책이 없으니 계속 도돌이표의 반복이었다.

계속 누워서 한숨만 쉬는 날의 연속이었다. 이렇게 살다간 아무래도 시간만 낭비하는 것 같았다. 정말 다시 한 번 인생을 바꾸어 보고 싶었다. 어떻게 해야 할까 고민하다가 어린 시절 힘들 때 책에서 답을 찾았던 기억이 떠올랐다. 그렇게 해서 책을 다시 읽기 시작했고 그때의 경험이 다시 공부를 하게 된 계기가 되었다.

3개월 동안 300권의 자기계발서를 읽었다. 그것을 다시 기록하고 정리하여 내 삶에 적용했다. 실제로 실천해서 얻은 경험과 지식이 '지혜'라는 이름으로 나타났다. 그 지혜가 나의 인생을 바꾸게 해준 공부의 결과였다. 내가 다시 공부를 하는 이유는 지금까지 몰랐던 나 자신에 대해 제대로 파악하기 위함이었다.

어른이 되어 하는 공부가 진짜 공부라고 한다. 물론 어린 시절에 학교 공부를 열심히 하는 것도 중요하다. 학교를 벗어나는 순간 이제 공부가 끝이라고 하는 사람이 많다. 내가 그랬다. 대학을 졸업하는 순간 이젠 공부를 하지 않아도 된다고 생각했다. 하지만 실제 사회에 나오니 공부할 게 더 많았다. 업무 공부도 해야 했지만, 인생을 헤쳐나가기 위한 공부가 더 필요했다. 그것을 간과하고 배울 생각을 안 했으니 내가 생각한 성공과 거리가 멀어져 가는 것은 당연했다.

한근태 저자가 쓴 《고수의 학습법》에는 어른이 되어 하는 공부에 대해 이렇게 이야기하는 대목이 나온다.

> "공부를 하면 유연해진다. 공부를 하지 않으면 고집불통이 된다. 다른 세상을 본 적이 없기 때문에 자기 생각이 옳고 최고인 걸로 착각하게 된다. 세상을 이해하는 폭이 좁아진다."

공감했다. 다시 책을 읽고 글을 쓰면서 세상을 이해하는 폭이 넓어졌다. 인생을 대하는 태도도 조금씩 달라졌다. 죽을 때까지 공부하면서 살아야 하는 게 사람이다. 이제야 공부를 하면서 인생을 배워가는 중이다. 지금 힘든 당신, 책과 글쓰기를 만나서 같이 공부하자. 그것이 이 혼란스러운 세상을 살아가고 자신을 지키는 유일한 무기가 될지 모르니까.

여전히 제자리 걸음이라고 느낀다면

2015년부터 글을 쓰기 시작했다. 매일 조금씩 쓴 결과 2016년 《모멘텀》, 2017년 《미친 실패력》과 《나를 채워가는 시간들》을 출간했다. 책이 나오면 몇 만 부가 팔리고 대박날 줄 알았다. 여기저기서 인터뷰나 강연 요청이 쇄도할 것만 같았다. 하지만 책이 출간되자 현실은 그렇지 않았다. 그래도 예전 인생보단 조금은 바뀌었지만, 대박을 꿈꿨던 이상과는 거리가 멀었다.

그 뒤로도 계속 글을 썼다. 2020년 초반 《지금 힘든 당신, 책을 만나자!》까지 6권의 책을 더 출간했다. 책 한 권씩을 낼 때마다 조금씩 더 좋아질 줄 알았다. 하지만 경제적인 여건도 달라진 게 없었다. 책도 많이 팔리지 않으니 들어오는 인세도 적었다. 5년간 쉬지 않고 달려왔지만 제자리 걸음처럼 느껴졌다. 정말 답답해서 이젠 그만 글을 쓰고 현실적인 다른 것을 해야 할지 심각하게 고민했다.

그러나 지금까지 글을 써왔던 기간과 크진 않지만 성과도 있다보니 포기하고 싶지 않았다. 경제적인 문제도 좀 해결해 보자는 생각에 다시 한 번 글쓰기와 병행하여 할 수 있는 것이 무엇이 있을지 고민했다. 그렇게 시작하게 된 것이 글쓰기가 어렵거나 초보인 사람들에게 나의 지식과 경험을 알려주고 글쓰기 연습을 같이 해보는《닥치고 글쓰기》과정의 시작이었다.

수강생을 모으고 그들에게 일정의 돈을 받으니 크게 벌지 못하지만 부업으로 시작하기에는 안성맞춤이었다. 그렇게 내 지식 창업의 첫 발걸음을 내딛고 지금까지 수강생의 적고 많음에 관계 없이 2년째 진행하고 있다. 제자리 걸음이라고 생각하고, 2년 전 글쓰기를 포기했다면 얻지 못했을 성과이다.

목표를 향해 계속 달려왔지만 가끔 제자리에 있는 자신을 발견할 때가 있다. 공무원이나 기술사 등 자신이 원하는 시험에 합격하기 위해 몇 번을 도전하지만 떨어지기도 한다. 1년간 열심히 준비했는데 결과가 좋지 않아 자꾸 제자리를 맴도는 느낌이다. 그럴 때마다 지치고 자괴감이 들기도 한다. 아무리해도 제자리라고 생각하니 포기하고 싶은 마음이 가득하다.

그런 순간이 오면 이렇게 한번 해보자. 잠시 쉬면서 정말 이 길이 나의 길인지 아닌지 먼저 판단하자. 아니라고 생각하면 과감하게 때려치우고 새로운 목표를 다시 세우자. 이전에 해왔던 과정이 아깝지만 잊어버리자. 내 길이라고 판단하면 포기하지 말고 앞으로 나아가자. 제자리라고 생각했지만 실은 지금까지 해왔던 과정이 있기 때문에 처음보다 분명히 성장해 있는 자신을 발견할 수 있다.

7년째 글을 쓰고 있지만 여전히 나도 제자리에서 맴돌고 있다는 생각이 가끔 든다. 하지만 이제는 죽을 때까지 읽고 쓰는 삶을 선택했기 때문에 계속 앞만 보고 걸어갈 생각이다. 괴테의 《파우스트》처럼 내 필생의 역작을 남기는 날까지 오늘도 부족하지만 나의 글을 쓴다. 자신을 믿고 끝까지 가보자.

성공하는 사람이 많지 않은 이유

'성공'이란 말을 국어사전에서 찾아보면 "목적하는 바를 이룸"이라고 나온다. 많은 사람들이 성공을 꿈꾼다. 경제적 자유를 누리고 명예를 가지고 싶어한다. 성공을 하고 싶은 이유는 각기 다르다. 지금까지 남이 맞추어 놓은 기준에 살다 보니 더 이상 이렇게 살면 안 되겠다고 다짐한다. 먹고 살기가 팍팍하고 힘들어 이전과 다른 삶을 살고 싶어 간절함이 생긴다. 자신이 원하는 목표를 이루고 성공하기 위해 자기계발을 한다. 하지만 진짜 성공을 하는 사람은 소수에 불과하다. 누구나 성공을 원하지만 실제로 이렇게 많지 않은 이유는 무엇일까?

오늘부터 구체적인 목표를 세우고
조급함을 버리자.
되고 싶고, 하고 싶고, 갖고 싶은 게 있다면
지금 당장 실행하자.
덜 준비되었더라도 시작하자.

목표가 없다

목표 없이 막연하게 성공을 꿈꾸는 사람들이 있다. '나는 부자가 될 거야', '나는 작가가 될 거야'라고 결심한다. 하지만 몇 년이 지나도 똑같다. 막연하게 생각만 하고 구체적인 목표가 없으니 당연히 성공은 먼 나라 이야기다. 부자가 되고 싶으면 몇 년 내 자산을 얼마나 모을지, 월 천만 원 달성을 언제 할 수 있을지 등등 구체적인 목표를 정해야 한다.

조급하다

성공으로 가는 길은 험난하다. 한두 번 시도해보고 안 된다고 소리친다. 마음이 조급해지면 아무것도 이룰 수 없다. 빨리 성공하고 싶은 마음은 이해한다. 하지만 천릿길도 한 걸음부터 조급해 하지 말고 천천히 하나씩 나아가야 성공으로 가는 길이 더 빨라질 수 있다.

'언젠가' 병이 있다

책을 내고 싶은데, 언젠가 글을 써야지라고 미룬다. 부자를 원하는데, 언젠가 투자해 봐야겠다고 결심한다. 지금 하지 않으면 안 된다. 언젠가라는 단어를 입에 달고 사는 사람은 결코 성공할 수 없다. 질질 끄는 버릇은 반드시 버리고, 지금 하자.

작은 문제가 생겨도 포기한다

진행을 잘하다가도 문제가 생기면 회피한다. 도망치고 나서 변명할 생각만 한다. 성공으로 가는 길은 문제투성이다. 그 문제를 해결하기 위해 정면으로 부딪혀야 한다. 작은 문제 하나 생겼다고 포기하면 다음 관문으로 나아갈 수 없다. 어떻게든 문제가 생기면 해결하는 방안을 찾는 것이 첫 번째다.

무엇인가 하기 위한 결정이 늦다

완벽하게 준비가 되어야 시작하려는 사람이 있다. 그때는 이미 늦었다. 완벽한 준비라는 것은 없다. 일단 마음을 먹었으면 그 준비가 미흡하더라도 저질러야 한다. 책을 내고 싶다면 우선 한 줄이라도 끄적여야 한다. 부자가 되기를 원한다면 일천 원이라도 주식에 투자하거나 저축부터 시작해야 한다. 빠른 결정과 실행이 성공으로 갈 수 있는 지름길이다.

성공을 방해하는 다른 이유도 많지만 위에 소개한 5가지가 일반적이다. 아직 나도 성공을 향해 가고 있는 사람 중 하나다. 20~30시절의 나는 위 5가지를 다 가지고 있었다. 그렇다 보니 성공보단 실패가 많았던 인생을 살았다. 독서와 글쓰기를 만나면서 내 인생의 성공 기준도 달라졌다. 위에 소개한 5가지를 반대로만 하면 누구나 성공할 수 있다고 믿는다.

오늘부터 구체적인 목표를 세우고 조급함을 버리자. 되고 싶고, 하고 싶고, 갖고 싶은 게 있다면 지금 당장 실행하자. 덜 준비되었더라도 시작하자. 이렇게 계속 하면 성공은 당신 눈앞에 와 있을지 모른다.

2부

마흔의 진짜 인생 공부

인생의 목표를 이루기 위한 가장 쉬운 방법

2022년도 새해가 시작된 게 엊그제 같은데 벌써 3/4이 지나간다. 새해가 되면 많은 사람들이 새로운 목표를 세운다. 몸짱이 되기 위해 매일 1시간씩 운동하기, 내 이름으로 된 책출간하기, 월 천만 원 수입 올리기, 외국어 하나 마스터하기 등등 수많은 목표가 등장한다.

하지만 시간이 지날수록 목표를 달성하는 사람은 많지 않다. 그 이유는 두 가지로 정리할 수 있다. 하나는 좀 해보다가 흐지부지되는 경우다. 먹고 사는 게 바빠서, 해보니까 잘 맞지 않아서, 힘들어서 등등 할 수 없는 이유나 핑계를 대고 포기한다.

다른 하나는 너무 막연한 목표를 정해서 언제 달성할 수 있을지 모르는 경우다. 예를 들어 '몸무게 10kg이 늘어서 운동을 해야겠다', '친구가 투자로 1억을 벌었다고 하는데, 나도 투자를 해볼까?' 등이 그것이다.

30대 중반의 내가 그랬다. 매년 새해가 되면 '영어 마스터하기', '운동으로 몸짱 되기' 등 목표를 세웠다. 지금 생각하면 참 막연한 목표다. 단지 1년 안에 이루자고 생각만 하고 아무런 계획도 짜지 않았다. 영어책 1권 사놓고 몇 장 보다가 어렵다는 이유로 다시는 읽지 않았다. 기술사 자격증도 3년 내 따기로 마음먹고 학원까지 끊었지만 1년도 유지하지 못하고 포기했다.

여러 자기계발서를 읽고 강의를 들은 결과 목표를 잘 세우려면 일단 구체적이어야 한다는 것을 깨달았다. 언제까지 달성할지 계획을 잘 짜야 한다. 특히 숫자가 들어가는 것이 중요하다. 나도 그 이후로 구체적으로 언제까지 기간을 정하고 실현 가능한 목표를 세웠다. 그 결과 전과 다르게 조금씩 성과를 낼 수 있었다. 이 글을 읽는 여러분도 초기에 세웠던 목표가 좀 막연해 보인다면 점검해보고 구체적으로 다시 수정해 보는 것도 좋다.

지금까지 소소하거나 또는 큰 목표를 정해놓고 하나씩 이루어 나가고 있다. 달성할 때마다 나도 같이 성장하는 그 느낌이 좋다. 목표를 이루기 위한 방법은 참 다양하다. 그 중에서 개인적으로 목표를 달성하기 위한 가장 쉬운 방법을 소개한다면 바로 이것이다.

'나 자신에 대한 굳건한 믿음'

목표를 세우고 그 실행계획에 따라 진행하다 보면 잘 되기도 하지만 그 반대의 경우도 많이 생긴다. 생각처럼 잘 되지 않을 때 많은 사람들은 의심한다. 역시 '나와 맞지 않구나!', '내가 할 수 있는 일이 아니야'라고 여기면서 자신을 믿지 못하게 된다. 나 역시 그랬다. 내가 할 수 있는 영역이 아닌데 헛된 도전을 한다는 생각에 자신감이 점점 사라졌다. 주위에서도 이런 나를 보면서 그냥 때려치우라고 조언하기도 했다.

이 시점에서 목표를 이루느냐 그렇지 않느냐가 갈린다. 결국 자신을 믿지 못해서 그만두거나 포기한다. 내가 가는 길이 아니라고 하면서 다른 선택을 한다. 주변에서 잘 나가거나 성공하는 사람을 보면 성공이냐 실패냐 상관없이 자신을 믿고 묵묵히 나아가는 사람이 대부분이다. 목표를 정했다면 일단 누가 뭐라 하든 자신을 끝까지 믿는 것이 가장 중요하다는 것을 이제야 알게 되었다. 어차피 내 인생을 바꿀 수 있는 나 자신뿐이다.

자신을 불신하다 보니 당연히 목표를 정해도 이룰 수가 없다. 책을 영원히 쓸 수 없다고 비아냥대고 수군거리는 사람들의 목소리를 들을 때마다 위축이 되었지만, 신경쓰지 않고 계속 글을 쓰다 보니 해낼 수 있었다. 나는 반드시 해낼 수 있다는 믿음이 있었기 때문이다. 올 한해 목표를 정했다면 가장 먼저 할 일은 이룰 수 있다고 믿는 것이다. 내가 나 자신을 믿지 못한다면 어떤 일도 할 수 없다. 나 자신이 인생이란 세상을 바꿀 수 있는 유일한 사람이란 것을 잊지 말자. 그대가 바로 인생의 영웅이다.

인생은 릴레이 달리기다

"야! 빨리 바통 줘! 빨리!"

내 뒤로 2번 주자로 뛰고 있는 친구가 보인다. 우리 계주 릴레이 팀이 지고 있는 상황이다. 4개 팀이 뛰고 있는데 3등이다. 죽을 힘을 다해 뛰어오고 있는 친구에게 빨리 오라고 소리치는 중이다. 이미 바통을 받은 1, 2등으로 달리는 친구들은 저만치 앞서고 있다. 빨리 쫓아가야 하는 조급한 마음에 빨리 오라고 더 다그친다.

숨을 가쁘게 몰아쉬는 친구가 내 앞에 가까이 달려오고 있다. 나의 다그침에 친구는 인상을 찌푸리며 내 손에 바통을 쥐어준다. 그의 표정은 신경쓸 겨를 없이 앞만 보고 나는 뛰기 시작한다. 이미 반 바퀴 차이가 나서 따라잡을 수 없다. 그래도 포기하지 않고 끝까지 1, 2등으로 뛰는 친구들을 따라 잡으려 있는 힘을 다해 전력질주했다.

거의 따라잡을 뻔 했지만 실패했다. 우리 반에게 가장 잘 뛰는 마지막 주자에게 바통을 건네주었다. 가쁜 숨을 몰아쉬면서 전력으로 뛰는 친구를 바라보았다. 우승은 못했지만, 2등은 할 수 있었다. 문득 어린 시절의 계주 릴레이가 기억나서 적어본다.

우리 나이로 45년을 살았다. 뒤돌아보니 인생도 릴레이 달리기와 비슷하다. 1년 12개월 365일로 쪼개면 1월 1일부터 달리기 시작한다. 1월 1일 하루 24시간 동안 자신에게 주어진 역할에 따라 달린다. 다음 날로 바통 터치가 이어진다.

다른 사람에게 건네주는 것이 아니라 자신에게 다시 바통을 주고 이어받는 차이만 있을 뿐이다. 1시간을 24회로 달리면 하루가 끝난다. 달린 양과 질은 사람마다 다를 것이다. 무작정 뛰는 사람도 있고, 목표를 정하여 하루하루 자신에게 맞는 양으로 달리기도 한다. 하루가 모여 30일이 되면 한 달을 릴레이 달리기 한 셈이다. 그 한 달이 12개가 모이면 1년 동안 자신의 인생을 이어서 뛰고 있다고 보면 된다.

2022년도 3/4이 지났다. 그동안 자신이 어떻게 하루하루 이어서 릴레이로 뛰어왔는지 한번 돌아볼 시점이다. 무작정 뛰기만 했는지, 아니면 그 달리는 과정에서 성과가 조금이라도 있었는지 잠시 멈추고 종이나 다이어리, 바인더 등에 적어보자. 인생의 릴레이 달리기에서 성공이냐 실패를 가르는 차이는 바로 어떻게 바통 터치를 하느냐이다.

내일, 한 달 후, 1년 뒤의 내 모습에 어떤 방법으로 바통을 건네줄 것인가에 대해 생각해야 한다. 아무런 생각 없이 열심히 뛰기만 하는 것도 좋지 않다. 중간에 달리다가 잠시 바통 터치가 힘들다면 잠시 멈추어서서 어떻게 잘 넘길 수 있는지 고민하자. 그것이 내 인생의 방향을 찾는 길이다.

어제 조금 달렸다고 불평하지 말고, 오늘 더 달리면 그만이다. 인생은 장거리 릴레이 달리기이다. 그저 자신만의 속도와 방향대로 달리면서 다음 바통 터치를 잘하면 된다. 다가오는 2022년에는 모두 자신의 인생 이어달리기를 통해 멋진 결승선을 통과하길 응원한다.

어제 조금 달렸다고 불평하지 말고,
오늘 더 달리면 그만이다.
인생은 장거리 릴레이 달리기이다.
4×400
400
4×100

인생에서 지우개로
지워야 할 것들

퇴근 후 방문을 열어보니 9살 둘째 아이가 받아쓰기 숙제를 하고 있다. 아들의 표정은 좋지 않다. 하기 싫은 것을 억지로 하는 느낌이다.

"잘 쓰고 있네. 받아쓰기 재미있지?"

"아빠, 재미없어. 쓰기 싫어. 이거 다 언제 써!"

불평을 터뜨린다. 쓰다가 글자 하나가 틀렸는지 짜증낸다. 글자를 지워야 하는데 지우개가 보이지 않는다.

"아빠! 지우개 못 봤어? 찾아줘."

"필통에 있는지 확인해봐!"

"없어. 없다고!"

내가 직접 아들의 필통을 열어본다. 정말 지우개가 없다. 내 책상 서랍 속에 있는 지우개를 하나 꺼내어 건네주었다. 인상을 잔뜩 찌푸린 아들은 지우개로 다시 글자를 지우고 새롭게 쓰기 시작했다.

인생을 살면서 지우개로 지우고 싶은 순간이 많았다. 그러나 인생이란 것이 내 생각대로 흘러가지 않다 보니 어쩔 수 없는 경우도 있었다. 하지만 스스로 하지 말아야 할 행동을 먼저 인지하고 조심했다면 많은 실수와 실패를 줄였을지 모른다. 잘못하고 실수한 순간 내 머릿속의 지우개를 찾아 바로 지울 수 있다면 얼마나 좋을까? 지금까지 살면서 인생에서 지우개로 지워야 할 몇 가지가 있다. 개인적으로 가장 중요한 세 가지만 소개해 보고자 한다.

타인과의 비교

인간은 늘 누군가와 관계를 맺고 살아간다. 혼자 살아갈 수 있지만, 어떻게든 타인과의 교류는 필요하다. 주변에 잘 나가는 사람은 한두 명쯤 있기 마련이다. 그 사람들과 비교하면서 끊임없이 괴롭히기도 한다. 내가 그랬다. 2030 시절 주변 대기업, 공기업 및 공무원 친구나 지인과 비교를 많이 했다.

작은 회사에서 일하는 내가 초라하게 느껴졌다. 늘 머릿속에 타인과의 비교가 먼저였다. 감사와 만족을 모르다 보니 내 마음은 항상 공허했다. 지금 생각해보면 남과의 비교가 무의미한데, 왜 그렇게 그들처럼 되지 못한 것에 대해 스트레스를 받았는지 모르겠다. 지금 타인과의 비교로 힘든 사람이 있다면 얼른 지우개를 꺼내 지우도록 하자.

조급함

어떤 목표를 이루거나 인간관계를 잘 유지하고 싶지만 현실적으로 쉽지 않다. 나도 그렇다. 그 이유가 바로 '조급함'이다. 한두 번 시도해보고 잘 되지 않으면 금방 포기한다. 잘 되지 않는다고 성급하게 판단하기 때문이다. 우연한 계기로 자신과 맞는 사람을 만나 좋은 인연을 맺으려고 노력한다. 하지만 조급하게 판단하다가 쓸데없는 감정 소모로 인해 관계가 깨지는 경우도 종종 있다. 성격이 급한 내가 가장 지우개로 지워야 할 행동 중의 하나다.

누군가에 대한 미움과 증오

내가 생각했을 때 이 항목이 가장 중요하다. 살면서 누군가에게 큰 상처를 받거나 반대로 주기도 한다. 어떤 사람에게 내가 평생 미움의 대상이 될 수 있다. 나 또한 죽을 때까지 증오하는 사람이 한두 명은 있다. 정말 씻을 수 없는 상처를 받아 용서를 할 수 없을지 모른다. 하지만 나이를 먹어가다 보니 미움과 증오에 대해 다시 한 번 생각하게 되었다. 나를 좋아하는 사람들도 시간이 없어 잘 만나지 못하는데, 굳이 미워하는 사람까지 신경을 써야 하는 이유가 궁금했다. 내 머릿속에서 이제 지우개로 내가 미워하거나 나를 미워하는 사람들을 지우기로 했다.

지우개로 지워야 할 것이 더 있지만, 위에서 언급한 타인과의 비교, 조급함, 누군가를 미워하는 마음 3가지만 없어도 자신만의 근사하고 멋진 인생을 살 수 있다. 이 글을 읽는 당신도 지우개를 들고 오늘은 시원하게 자신의 머릿속이나 마음에서 없애고 싶은 것들을 한번 지워보면 어떨까?

인생에서 가장 가치 있는 자산

많은 사람들이 경제적 자유를 누리고 싶어한다. 그 목표 달성을 위해 부동산, 주식 등 투자를 한다. 투자의 결과로 자산이 만들어진다. 자산의 뜻을 국어사전에 살펴보니 '개인이나 법인이 소유하고 있는 유형·무형의 유가치물'이라 나온다. 쉽게 이야기하면 개인이 투자나 노력을 통해 획득한 눈에 보이거나 또는 보이지 않는 어떤 가치있는 물건이라 보면 된다. 자산의 종류는 부동산, 주식, 책, 노래 등이 있다.

그 자산을 더 불리기 위해 노력한다. 10억 이상만 되어도 많다고 했는데, 요샌 적어도 50억은 넘어야 부자 소리를 듣는 듯하다. 재테크 초보자인 나도 아직 갈길은 멀다. 나도 부자까지 아니지만 조금씩 자산을 만드는 데 집중하고 있다.

또 다른 사람들은 인간관계에 집중하기도 한다. 네트워크를 통해 일거리를 만들 수 있다. 서로 끌어주고 상품을 판매하는 네트워크 마케팅도 많이 하는 추세다. 이렇게 많은 인맥을 만들어 자산을 만들 수 있다. 인간관계가 서툰 나도 믿을 수 있는 사람들을 만나기 위해 노력하고 있다.

이렇게 물질이나 사람에게 집중해서 자산을 만드는 행위도 중요하다. 하지만 이런 자산들은 어떤 돌발적인 상황이 생기면 신기루처럼 사라지기도 한다. 현재 러시아가 우크라이나에 침공하여 전쟁이 일어났다. 전쟁이 발발하면 어떤 형태로든 손실이 생긴다. 부동산이나 주식 등 금융 자산도 잃을 수 있다. 아파트 등 건물이 부서지게 되면 피해가 막심하다. 금리 인상 등으로 주식은 폭락한다.

또 잘 지내다가 사소한 문제로 사람들과 틀어지기도 한다. 예전 네트워크 마케팅을 하던 지인도 사업을 잘 진행하다가 스폰서와 시비가 붙어 쫓겨났다. 나도 자기계발 세상에 들어와서 사람들과 마찰이 생겨 관계가 끊긴 경우도 있다. 이렇듯 인간관계도 한번 틀어지면 잃을 수 있다.

많은 사람들이 남들에게 잘 보이기 위해 또는 자신의 욕심을 위해서 보이는 자산에 집중한다. 그러나 힘들게 모은 자산을 언제 어떻게 잃지 않을까 전전긍긍한다. 자신이 아는 지인이 더 많은 자산을 가지게 되면 질투하고 시기한다. 그 자산도 자신이 죽으면 다 가지고 가지 못하는데, 눈을 감는 날까지 집착한다.

그럼 인생에서 잃지 않고 가치를 살리면서 오랫동안 유지할 수 있는 자산은 무엇이 있을까? 그 자산은 바로 나에게 투자하는 것이다. 성장을 위해 배움에 투자하거나 나의 내면을 다스리기 위한 노력이다.

시간이 지날수록 나에게 투자했던 그 자산은 계속 늘어난다. 그리고 이 자산은 잃을 염려가 없다. 내가 죽지 않는 한 배운 지식은 영원히 머리에 남는다.

또 나의 내면을 오랫동안 성찰했기 때문에 웬만한 일에 일희일비하지 않는다. 나도 이렇게 되기 위해 마흔 이후로 책을 읽고 글을 쓰고 있다. 독서와 글쓰기가 지금의 나에게는 가장 큰 자산이다.

물론 부동산이나 주식 투자가 나쁜 것은 아니다. 오늘부터 유형 자산을 불리는 것에도 집중하면서 평생 잃지 않는 나 자신에게도 투자해보는 것은 어떨까? 설령 다른 자산을 다 잃더라도 지금까지 쌓아온 '나'라는 자산이 있기에 인생에서 쉽게 무너질 일은 없다.

촛불 같은 인생을 살자

며칠 전 퇴근하고 집에 가니 아내와 아이들이 삼겹살을 구워 먹고 있었다. 오랜만에 집에서 맛있게 고기를 먹었다. 집 안의 냄새가 잘 빠지지 않아서 고기를 자주 구워먹지는 못한다. 춥지만 창문을 열고 환풍기를 틀어 환기를 시킨다. 그래도 완벽하게 냄새가 없어지지 않아 자기 전에 촛불을 켜놓기도 한다.

촛불을 켜고 불을 끄니 어두웠던 방안이 금방 환해진다. 촛불을 잠깐 쳐다보았다. 불이 지나간 촛불 아래로 촛농이 떨어진다. 초는 자신을 태우면서 점점 작아진다. 어두운 공간에서 그 주위를 환하게 밝혀주고 있다. 초의 은은한 향기가 구운 고기의 잔상을 조금씩 없애준다.

문득 그런 생각이 들었다. 촛불은 자신을 희생하면서 어두운 공간을 밝혀주는 역할을 한다. 주변에서 이런 촛불 같이 사는 사람을 요새 종종 만나게 된다. 자신을 태우면서 남을 환하게 비추어 주는 역할을 한다. 인생의 어둡고 긴 터널을 지나는 사람들에게 자신이 촛불이 되어 그 사람들의 빛이 되고 있는 것이다.

코로나19로 인해 오프라인 시장이 무너졌다. 그로 인해 경제적으로 어려움에 처한 사람이 많아졌다. 그런 사람에게 빛이 되어 주고 있는 김미경 대표님이 한 예이다. 《김미경의 리부트》란 책을 통해 '이제는 오프라인보다 온라인 세상에서 돈을 벌 수 있다'고 외치면서 어려움에 빠진 사람들을 도와주고 있다. MKYU 대학과 514 챌린지 등으로 자신의 지식과 경험을 전파하는 중이다. 스스로 촛불이 되어 희생하면서 많은 사람들의 미래가 환하게 바뀔 수 있도록 노력하는 모습이 인상적이다.

또 주변의 지인을 봐도 각자 가진 콘텐츠로 많은 사람들에게 나누어준다. 그들의 헌신적인 노력과 희생이 스스로 몸을 태우는 촛불같이 보인다. 나도 지금까지 꾸준히 했던 독서와 글쓰기 경험, 땅 검토 등의 지식을 활용하여 촛불처럼 비추어 주는 삶을 살기 위해 노력하고 있다.

여전히 부족하지만 삶이 다하는 날까지
촛불처럼 스스로 태워
많은 사람들이 읽고 쓰는 삶을
만날 수 있도록 비추고 싶다.

많은 사람들은 밖에서 비추는 빛을 통해 스포트라이트를 받으려고 한다. 좋은 대학과 직장, 명예와 능력, 외모 등을 가꾸어 남보다 더 빛나기 위해 애쓴다. 좀 더 좋은 지위, 명예, 부자 등을 향해 욕심을 가진다. 나는 그렇게 더 돋보여야 세상에 나란 사람을 알리는 것이 가장 빛나는 것이라고 여겼다.

하지만 나이가 들면서 나 홀로 빛나는 것보다 나를 태우면서 타인을 비추는 삶이 더 낫다라는 것을 많이 느낀다. 여전히 부족하지만 타인을 위해 사는 인생이 값지게 생각된다. 인생이 힘들고 지친 사람들에게 읽고 쓰는 삶을 소개해서 그들의 변화를 이끌어내는 것을 내 인생의 사명으로 삼았다.

여전히 부족하지만 삶이 다하는 날까지 촛불처럼 스스로 태워 많은 사람들이 읽고 쓰는 삶을 만날 수 있도록 비추고 싶다. 그렇게 단 한 사람이라도 비출 수 있다면 이 세상을 행복하게 떠날 수 있지 않을까 싶다.

인생의 또 다른 스승, '시간'

40대 딱 중간 나이가 되었다. 시간이 참 빠르다. 마흔이 오는 것이 두려웠다. 불혹이 되기 전에 어떻게든 자리를 잡고 싶었다. 하지만 인생은 내가 원한 대로 흘러가지 않았다. 딱 10년 전 2월 다니던 네 번째 회사에서 해고를 당했다. 나름대로 열심히 살아왔다고 자부했지만, 현실은 냉정했다. 이젠 어디로 가야 할지 모르는 난파선에 타고 있는 느낌이었다. 어떻게 해야 할지 모르는 시기였다. 그래도 어떻게든 살기 위해 발버둥을 쳤다.

그래도 운이 좋았는지 벼랑 끝이었지만 좋은 스승을 만났다. 처음 만난 스승은 책이었다. 어린 시절부터 인생에 문제가 생길 때마다 책 속에서 해답을 찾았다. 그 기억이 떠올라서 다시 찾아갔던 곳이 광화문 교보문고였다. 《아프니까 청춘이다》

책을 보면서 아직 전성기가 오지 않은 내 인생을 위로했다.

3개월 동안 300권의 자기계발서를 읽었다. 어떻게 힘든 인생을 이겨냈는지 읽고 또 읽었다. 읽고 나서 망가진 내 인생을 바꾸기 위해 책에 나왔던 내용을 하나씩 적용하고 실천했다. 그렇게 독서는 내 인생을 바꾸어 준 첫 번째 스승이다.

몇 년간 생존독서를 통해 나처럼 인생이 힘든 사람들에게 도움을 주고 싶었다. 한참 동안 고민하다가 찾은 것이 글쓰기다. 지치고 힘든 사람들을 위로하고 나처럼 살지 않길 바라는 마음에서 매일 한 줄씩 썼다. 그 시기에 만난 스승이 바로 내 글쓰기 스승 이은대 작가다. 사부님을 통해서 글을 쓰면 치유가 되고 성장할 수 있음을 알게 되었다. 그 후로 7년 동안 매일 썼다. 글쓰기는 내 인생을 더 나아지게 만든 두 번째 스승이다.

읽고 쓰는 삶을 몇 년간 지속하다 보니 가장 중요한 스승이 무엇인지 알게 되었다. 그것은 바로 시간이다. 무엇이든 한 번에 완성되는 것은 없다. 여러 권의 책을 출간할 수 있었던 것도 글을 쓰고 여러 과정을 거치는 시간의 흐름이 있기에 가능했다. 많은 회사를 옮겨 다니면서 항상 처음은 두려웠다. 어느 정도 적응하기 위해서는 시간이 필요하다. 지금 다니는 회사도

6년째다. 처음에는 업무나 환경 적응에 애를 먹었지만 시간이 지나면서 이제는 익숙해졌다.

인생에 문제가 생겨 풀리지 않을 때도 흘러가는 시간 안에서 해답을 찾을 수 있었다. 오해로 인한 인간관계도 시간이 지나면서 점차 무뎌지고 잊혀갔다. 어르신들이 왜 시간이 흐르면 다 알게 된다는 말씀을 하셨는지 이제는 조금씩 실감한다.

내가 몰랐던 재능을 발견하고 계속 연습을 통해 성취를 이루어내는 것도 결국 시간이 누적되어 만든 결과였다. 그 시간만큼은 세상 누구도 부럽지 않을 나만의 시간이다. 술에 만취하여 숙취로 인해 하루종일 누워 있는 시간은 참 아깝다. 그 시간에 무엇이라도 조금씩 했으면 좀 더 나은 내가 되었을지 모른다.

이제는 알고 있다. 이 지구별에서 나에게 얼마나 시간이 남았을지 모르지만, 앞으로 그 시간만큼 어떻게든 알차게 보내야겠다고 다짐해본다. 시간만큼 공평한 스승이 없다. 이제는 좋은 일이든 나쁜 일이든 지금 머물고 있는 순간 아니 계속 흐르고 있는 시간을 통해 나름대로 답을 찾아가고자 한다. 내 인생의 마지막 스승은 바로 시간이다.

인생에서 가장 중요한 날

2022년 초 새벽 저자강연에 참석하게 되었다. 이전에 읽었던《엄마를 위한 미라클 모닝》오감나비 최정윤 작가의 강연이었다. 아침형 인간이 되기 위해 새벽 5시에 일어나기 위해 노력했지만 잠이 많다 보니 쉽지 않았다. 한 시간만 일찍 일어나도 더 많은 일을 할 수 있는데, 그렇지 못했다.

강연을 들으면서 새벽 기상의 중요성을 공감했다. 특히 강연 내용 중 저자가 소개하는 구절 하나에 눈이 꽂혔다. 내가 좋아하고 존경하는 마크 트웨인이 말한 문구이다.

> "인생에서 가장 중요한 날이 두 번 있다. 첫 번째 날은 내가 태어난 날이고, 두 번째 날은 내가 세상에 왜 태어났는지 이

유를 깨달은 날이다."

부모님이 결혼하지 않았다면 내가 이 세상에 나올 일이 없을 것이다. 나이가 들면서 이 세상에 내가 나오게 해 주신 부모님께 감사하다. 내가 성인이 되어 결혼해서 나의 아이들을 만나다 보니 그 일이 얼마나 대단하고 축복할 일인지 알게 되었다.

이 지구별에 태어나 살아가는 것 자체가 기적인데, 불평불만만 하면서 살았다. 내가 이 세상에 태어난 이유조차 몰랐다. 그렇게 사회가 만들어놓은 기준에 부합하고 성공하기 위해서만 살았다. 그렇게 살다가 결국 인생의 나락으로 떨어졌다.

앞으로 어떻게 살아야 할지 보이지 않았다. 그 시절은 하루가 참 길게 느껴졌다. 아무것도 하지 않고 한숨만 쉬고 누워만 있었다. 죽음의 문턱까지 생각했지만, 내 가족과 무엇보다 내 자신을 위해서 다시 한 번 살아봐야겠다고 결심했다. 그래서 시작한 것이 독서와 글쓰기였다.

매일 한 페이지를 읽고 한 줄씩 썼다. 단지 내 인생을 다시 한 번 바꾸어 보기 위해 시작했던 두 가지였다. 그렇게 7년의 매일 한 페이지를 읽고 한 줄씩 썼다.
단지 내 인생을 다시 한 번
바꾸어 보기 위해 시작했던 두 가지였다.
그렇게 7년의 시간이 지나고 있다.
매일 읽고 쓰다 보니
내 인생이 조금씩 바뀌기 시작했다.

시간이 지나고 있다. 매일 읽고 쓰다 보니 내 인생이 조금씩 바뀌기 시작했다. 낮았던 자존감이 조금씩 올라갔다. 무기력했던 내가 자신감을 회복할 수 있게 되었다. 타인을 의식하고 눈치를 봤던 내가 나만의 기준을 가지게 되었다. 힘들었던 나를 돌아보면서 치유할 수 있었다.

많은 사람들에게 읽고 쓰는 삶을 전파하고 싶었다. 내 글쓰기 스승 이은대 작가 덕분에 읽고 쓰는 삶을 만나 변화하게 되었던 것처럼 사명을 찾게 된 것이다. 내 사명은 '인생이 힘들고 지친 직장인이나 엄마들에게 읽고 쓰는 삶을 전파하여 그들 인생의 반전을 일으키게 돕는 것'이다. 앞으로 이 사명대로 사는 것이 나의 목표가 되었다. 마크 트웨인이 이야기한 인생에서 가장 중요한 두 번째 날이 된 것이다.

하루하루가 읽고 쓰는 삶을 전파하기 위해 노력하고 있다. 많은 사람들이 독서와 글쓰기를 통해 보다 나은 인생을 살기 원한다. 그렇게 하기 위해 오늘도 나는 책을 읽고 글을 쓴다. 그것을 다시 사람들에게 나눈다. 인생이 힘든 사람이 있다면 내가 왜 이 세상에 태어났는지 한번 생각해보고, 사명을 찾아보자. 사명을 찾는 날 당신은 다시 태어날 것이다.

인생에서 어려운 상황과 마주하게 된다면

2022년 초 벌써 대학에 입학한 날로부터 25년이 지났다. 97학번으로 그 당시 유행하던 PC통신에서 판타지소설 동호회원으로 활동한 적이 있다. 꽤 유명했던 커뮤니티였다. 그 당시 유명했던 《드래곤 라자》를 쓴 저자도 해당 동호회 출신이다. 일본 롤플레잉 게임을 좋아하던 나는 자연스럽게 판타지 소설을 좋아하게 되었다.

판타지 소설이라 함은 중세 시대를 배경으로 상상 속에서 나올 법한 용, 엘프, 난쟁이, 기사, 마법사 등이 나와 모험을 하는 스토리가 주를 이룬다. 특히 아주 나쁘고 사악한 용이 침략하여 무너진 세상을 구하는 영웅적인 서사가 가장 많이 쓰이는 이야기 구조였다. 더 쉽게 이야기하면 《반지의 제왕》, 《호

빗》 같은 영화를 생각하면 된다. 내가 가장 좋아했던 판타지 소설은 일본의 《로도스도 전기》이다.

보통 판타지 소설의 주인공은 처음에는 약하다. 정신적으로나 기술적으로 성숙하지 못한 상태이다. 아직 마지막 보스는 커녕 중간 부하들도 이기지 못하는 상태다. 그들이 한꺼번에 쳐들어오면 그냥 무너지는 수준이다. 하지만 주인공은 어려운 상황이 생길 때마다 피하지 않고 맞선다. 어떻게든 방법을 찾고 동료들에게 조언을 구한다. 그들과 힘을 합쳐서 상황을 타개해 나간다. 하나씩 해결해 나가면서 주인공도 같이 성장한다. 마지막 보스를 물리치고 나면 주인공은 영웅이 되고 모든 상황을 해결하고 돌아온다.

20대 시절에는 판타지 소설을 재미로 읽었다. 인생과는 별개로 가상 공간에서 일어나는 일이라고 생각했다. 덮고 나면 적을 물리치고 승리한 장면 이외에는 별 감흥이 없었다. 시험이나 취업에 대한 스트레스를 잊기 위해 잠시 머리를 식히는 용도였다. 적을 만나고 어려운 상황에 직면하게 된 주인공과 다르게 현실에서 난 도망만 쳤다. 문제를 해결하기 위한 방법을 떠올렸지만, 실행하는 것이 두려웠다. 아무것도 바뀌지 않았다.

인생의 나락으로 떨어지고 나서 30대 후반에 다시 《로도스도 전기》를 읽었다. 다시 살기 위해 발버둥치던 시절이다. 인생에서 어려운 상황을 만나면 회피하다가 결국 인생 자체가 망가졌다. 책을 읽고 나서 어려운 상황에서도 적을 물리친 판(로도스도 전기 주인공)을 다시 떠올렸다. 이렇게 가다간 방법이 더 이상 없을 것 같아 앞으로 만날 인생의 어려운 상황은 절대로 피하지 말자고 결심했다.

하나씩 문제를 만날 때마다 도망치지 않았다. 그 문제를 제대로 마주했다. 내가 할 수 있는 것부터 생각했다. 할 수 없는 것은 포기했다. 다른 사람의 조언도 구했다. 그것을 종합해서 가장 쉽게 실행할 수 있는 것부터 시작했다. 나에게는 그것이 책 한 페이지를 읽고, 글 한 줄을 쓰는 것이었다. 멘토들의 강의를 듣고 조언을 구했다.

매일 읽고 쓰면서 지금 직장에서 열심히 일했다. 또 나름대로 콘텐츠를 만들어 작지만 많은 사람들에게 내가 가진 지식과 경험을 나누고 있다. 모객이 잘 되지 않는 등의 문제가 생겨도 피하지 않았다. 꾸준하게 내가 할 수 있는 것에만 집중하고 있다. 그렇게 하다보니 여전히 시행착오도 많지만 그 힘든 시절보다 확실하게 나아진 인생을 살게 되었다.

앞으로도 더 많은 인생의 어려운 상황을 직면하게 될 것이다. 하지만 이젠 두렵지 않다. 더 이상 도망치지 않고 언제든지 정면승부를 하려고 한다. 지금까지 성공한 사람들도 역경을 피하지 않고 맞서 싸워 그 결과를 냈다. 다 아는 이야기를 또 반복한다고 할 수 있지만, 다 알아도 실행하지 않기 때문에 자신의 인생이 제자리라는 것을 명심하자.

인생의 어려운 상황을 만나면 도망치지 말자. 그 상황을 타개하기 위한 내가 할 수 있는 것을 고민하자. 찾았다면 그것에만 집중하자. 그리고 계속하자. 그것만이 인생이라는 배가 계속 앞으로 나아갈 수 있는 유일한 방법이다.

인생을 바꿀 수 있는 유일한 한 가지 공식

2022년 초 우리 나이로 45살이 되었다. 70대 초반의 아버지가 지금 내 나이였을 때 나는 고등학생이었다. 그때가 엊그제 같은데 세월은 정말 순식간에 지나갔다. 시간이 정말 빠르다는 것을 실감하는 나이가 되었다.

2015년 39살의 나는 그동안 해왔던 생존독서를 통해 쌓아 올린 경험과 생각을 바탕으로 본격적으로 글을 쓰기 시작했다. 30대 시절 동안 몸과 마음이 참 고단하게 지내다 보니 인생에 대한 고민이 많았다. 여러 가지 이유가 있었지만 한 직장에서 오래 머무르는 경우가 많지 않았다. 10년 동안 직장을 옮긴 횟수만 7번이 넘었다.

지금 생각해보면 아직 일어나지 않는 미래를 불안해 하다

보니 현재의 내 일도 집중할 수 없었다. 매일 고민과 걱정만 하다보니 얼굴에 웃음은 없고 늘 찌푸린 인상을 가지고 있었다. 말투도 '해보자'가 아닌 '난 안 될 거야'라는 패배주의적 믿음이 짙었다.

인생을 바꾸어 보기 위해 시작했던 것이 독서와 글쓰기였다. 상처받은 내 마음을 위로하고 앞으로 어떻게 사는 것이 좋은지에 대한 답을 찾기 위해서 책을 읽고 글을 쓰기 시작했다. 이미 생존독서는 2013년부터 시작했으니 이제 횟수로 9년째다. 글쓰기는 이제 6년이 넘어간다.

매일 한 페이지를 읽고 한 줄씩 쓰는 것이 이제 일상이 되었다. 그렇게 시간이 지나면서 여러 권의 책으로 출간되고 블로그에는 6,000개, 브런치에는 1,100개 글이 올라갔다. 지금까지 읽은 책은 2,000권이 넘어간다. 많이 바뀌진 않았지만, 예전보다 나름대로 성장도 하고 인생의 변화도 느낄 수 있었다.

한 가지 확실하게 알게 된 것이 있다. 인생을 바꿀 수 있는 공식은 이게 유일하다는 것을. 바로 그 공식은 '자신의 목표 및 꿈을 위한 작은 시작(실행)+지속(반복 및 꾸준함)+시간=인생의 변화'이다.

누구나 다 자신의 인생을 바꾸고 싶은 생각을 가지고 있다. 그것을 위해 목표를 정하고 비전을 만들기도 한다. 하지만 처음부터 너무 거창하고 막연한 목표를 세우기 때문에 중간에 포기하는 경우가 많다. 지금 자신이 할 수 있는 만큼 작고 가능한 목표를 세워 그것부터 바로 시작하는 것이다.

작가가 되고 싶어서 바로 노트북을 켜고 한글창에 한 줄을 적은 것이 제일 처음 했던 행동이었다. 그렇게 매일 조금씩 양을 늘리고 내 생각을 정리했다. 그 방법으로 매일 똑같이 6년 넘게 반복하고 지속하다 보니 여기까지 오게 되었다.

인생을 바꾸고 싶다면 지금 이 순간부터 현실적으로 가능한 자신의 목표를 먼저 정하고, 작게 시작하자. 그리고 포기하지 말고 계속 실행하자. 그렇게 시간이 지나면서 탄력이 붙으면 인생의 변화를 느낄 수 있다. 실행한 사람과 그렇지 못한 사람의 인생 차이는 생각보다 크다. 작게 시작하고 꾸준하게 실행하는 사람이 결국 자신의 인생을 바꿀 수 있는 승리자가 될 수 있다.

“자신의 목표 및 꿈을 위한 작은 시작(실행)+지속(반복)+시간=인생의 변화”

다시 한 번 이 공식을 꼭 기억해서 자신의 인생에서 승리하는 당신이 되었으면 좋겠다.

내가 생각하는 좋은 인생이란?

2022년 초, 한 온라인 강의를 마치고 참석한 한 사람이 이런 질문을 던졌다.

"작가님이 생각하는 좋은 인생은 어떤 것일까요?"

갑작스런 질문에 뭐라고 답해야 할지 금방 떠오르지 않았다. 잠시 머뭇거리다가 한번 생각해보고 다음 기회에 다시 답변드리겠다고 얼버무렸다. 거꾸로 그 질문을 한 사람에게 되물었다. 기다렸다는 듯이 참석자는 이렇게 답했다. "좋은 인생은 그냥 평범하게 아무 걱정없이 사는 것이 아닐까요?" 하고 웃는다. 그 대답을 들은 나도 그럴 수 있겠다는 생각이 들어 고개를 끄덕였다. 강의가 끝나고 좋은 인생이란 과연 무엇일까 생각했다.

인생을 어떻게 살아야 한다고 딱 정해진 답은 없다. 이 세상에는 다양한 사람이 살고 있다. 각자가 정해놓은 기준을 가지고 자신만의 방식대로 살아간다. 좋은 인생에 대한 생각도 각양각색이다.

이 질문을 100명에게 물어보면 각기 다른 답변이 나올 것이다. 위 강의에 참석했던 사람처럼 답변할 수 있다. 또 좋은 직장에 다니면서 많은 연봉을 받는 것도 어떤 사람에겐 좋은 인생의 기준이 될 수 있다. 아니면 하루하루 자신을 성장시키기 위해 열심히 자기계발을 하는 사람은 그것이 좋은 인생을 사는 법이라고 정의하기도 한다.

최인철 교수가 지은 《굿 라이프》란 책을 감명깊게 읽었다. 그 책에 보면 이런 구절이 나온다.

> "굿 라이프란 좋은 일을 하며 사는 삶이다. 좋은 일이란 높은 연봉, 좋은 복지, 승진의 기회 등이 보장된 직업만을 의미하지 않는다. 좋은 일이란 직업의 종류와 상관없이, 자신이 누구이며, 어디서 왔고, 어디로 향하고 있는지에 대한 해답을 제공해주는 일이다. 자신의 일이 세상을 더 나은 곳으로 만

들고 있다는 의미와 목적을 발견하는 삶, 즉 소명이 이끄는 삶이 굿 라이프다."

내가 생각하는 좋은 인생에 대한 답변을 찾다가 이 책을 다시 펼쳐보았다. 이 구절을 다시 읽으면서 다시 한 번 공감했다. 내가 현재 하고 있는 일에서 보람을 느끼고 그것을 통해 세상에 조금이라도 기여할 수 있다면 좋은 인생을 사는 것이라 생각한다.

나는 책을 읽고 생각한 내용과 경험을 바탕으로 매일 조금씩 글을 쓰고 있다. 그 글이 단 한 사람에게라도 도움이 될 수 있다면 현재 기준에서 좋은 인생을 살고 있다고 생각한다. 즉 소명이 있다면 그것이 좋은 인생이다.

내 소명은 '인생이 힘들고 지친 사람들에게 읽고 쓰는 삶을 만나게 하여 그들이 변화하거나 반전을 일으킬 수 있도록 돕는 것'이다. 그래서 어떻게든 한 페이지를 읽고 한 줄이라도 쓰는 중이다.

아직 자신의 인생에서 소명을 찾지 못한 사람이 있다면 올해가 가기 전에 한번 찾아보는 것은 어떨까? 그 소명을 찾는다면 좀 더 자신의 인생이 풍요로워지는 시발점이 되지 않을까 한다. 많은 사람들이 자신의 소명대로 살면서 세상에 기여하여 좋은 인생을 살기를 희망한다.

인생은 실험의 연속이다

정말 마흔과 쉰의 딱 중간 나이가 되었다. 만 나이가 적용되면 여전히 40대 초반이지만, 아직 바뀌지 않았으니 우리 나이로 기준을 보면 딱 가운데에 위치했다. 45살의 봄을 보내면서 지나온 인생을 잠시 되돌아보니 참 좌충우돌하고 시행착오도 많이 겪었다. 그만큼 실패하고 넘어진 적도 많고, 성과를 내면서 좋았던 시기도 있다. 이때까지 잘 버텨온 나 자신에게 감사한다.

어머니 뱃속에서 태어날 때만 해도 그냥 누워만 있다. 몸을 뒤집을 수도 없다. 시간이 지나면서 뒤집고 손과 발을 써서 기어다니기 시작한다. 1년이 지나면 서서히 일어나서 조금씩 걷는다. 다리에 힘이 붙으면서 뛰어다닐 수 있게 된다. 점점 자라면서 기저귀를 떼고 화장실에 가는 연습도 한다. 이런 단계를 거칠 때마다 수없이 넘어지기를 반복한다. 그런 시행착오를 겪으면서 점점 아이의 모습으로 성장한다.

성인이 될 때까지 부모의 보살핌 아래 있지만 서서히 독립적인 개체로 자라기 시작한다. 사춘기와 이차성징을 거치면서 외양이나 내면도 점점 성장한다. 지식을 쌓기 위해 공부하고, 신체를 단련하기 위해 운동한다. 수많은 경쟁 속에서 살아남기 위해 수없는 자신만의 도전을 반복한다. 대학 진학, 취업, 결혼 등으로 이어지는 과정에서 끊임없이 실험하면서 살아간다.

이런 관문을 거쳐 성인이 되면 각자 주체적인 존재가 된다. 사회가 만들어놓은 기준에 맞추어 살다보니 반발이나 불만도 생긴다. 이제 나만의 목표나 꿈이 생긴다. 다시 그 목표를 향해 달려간다. 하지만 그 목표를 이루는 사람은 많지 않다. 어린 시절부터 수많은 시행착오를 겪고 올라오다 보니 다시 도전하는 것이 꺼려진다. 굳이 모험을 하지 않아도 편하게 살 수 있는데, 왜 굳이 그런 감수를 하며 실험을 해야 할지 의문이 생긴다.

그러나 더 이상 인생에서 나아가지 않으면 발전이 없다. 앞으로 살아갈 날이 많이 남았다. 인생을 전체로 놓고 보면 하나

앞으로 남은 인생도 실험의 연속일 것이다.
내가 해보지 못한 분야에 계속 도전하고자 한다.
그 실험과 도전이 어떻게 끝날지는 아무도 모르지만,
해봤다는 것 자체만으로도 박수받을 만한 일이다.

의 실험이다. 실험이나 도전을 계속하는 사람은 그만큼 성공과 실패가 쌓인다. 성공한 것은 모으고, 실패한 것은 그 안에서 원인을 찾게 되면 더 나은 실험을 할 수 있다. 계속 이렇게 작은 성공을 모으다 보면 결국 내가 원하는 인생을 살 수 있게 된다.

아무런 목표 없이 살던 내가 인생의 큰 고비를 겪고 나서 처음으로 작가가 되고 싶은 꿈을 꾸었다. 인생에서 힘든 사람들에게 도움을 주기 위해 글을 쓰기 시작했다. 5줄 이상 쓰지 못했던 내가 작가가 되기 위한 실험을 시작했다. 실패의 연속이었다. 하지만 포기하고 싶지 않았다. 실험을 계속하면서 방향을 수정했다. 그 결과 7년 동안 15권의 책(종이책 12권, 전자책 3권)을 출간할 수 있었다. 어느 책 하나 쉽게 쓴 적은 없었다. 힘든 여정이었지만 계속 실험을 거듭한 끝에 얻어낸 성과였다.

앞으로 남은 인생도 실험의 연속일 것이다. 내가 해보지 못한 분야에 계속 도전하고자 한다. 그 실험과 도전이 어떻게 끝날지는 아무도 모르지만, 해봤다는 것 자체만으로도 박수 받을 만한 일이다. 이 글을 읽는 여러분도 살면서 지금까지 시도하지 못했던 것들이 있다면 과감하게 시작하고 계속 실험하자.

그래야 자신이 무엇을 좋아하고 싫어하는지 알 수 있다. 인생의 방향도 찾을 수 있다. 끊임없는 실험이 당신의 인생을 바꿀 수 있다.

3부

마흔의 독서와 글쓰기 공부

독서의 끝은
글쓰기

며칠 전 점심시간에 한근태 작가의 유튜브 영상을 보았다. 한근태 작가는 다양한 주제로 책을 출간한 저자이다. 다시 살기 위해 생존독서를 할 때 《일생에 한번은 고수를 만나라》를 읽고 감동받은 적이 있다.

지금처럼 온라인으로 저자 강연을 들을 수 없을 때 직접 오프라인 강의를 몇 번 찾아다니면서 들었다. 한근태 저자의 강연을 들을 때마다 항상 하는 이야기가 있다. 사실 내가 지금 책을 읽는 방법도 어찌보면 그에게 오프라인 강연때 배워서 지금까지 쓰고 있는지 모르겠다. 그가 말하는 진짜 독서는 다음과 같다.

"많은 사람들이 1년에 100권, 200권을 읽었다고 자랑합니다. 저는 그렇게 생각하지 않습니다. 많이 읽는 양에 대해서 목숨을 겁니다. 저는 그것을 보고 방향을 잘못 잡았다고 생각합니다. 책 자체가 목적이 아닙니다. 책을 읽은 내용을 토대로 나를 돌아보고 그 책에 나오는 내용을 자신의 삶에 적용하여 변화를 이끌어 내는 것이 진짜 독서입니다. 그리고 마지막은 글쓰기입니다. 독서를 통해 지식을 쌓고, 그것에 대한 자신의 의견을 기록하는 것이 진정한 독서의 끝이라고 생각해요."

2013년 한근태 저자의 강연에서 메모했던 내용을 오랜만에 찾아서 공유했다. 이 내용을 바탕으로 삶을 바꾸기 위해 책을 읽고 나서 거기에 나오는 한 가지라도 내 삶에 적용하기 시작했다. 나의 성향과 고집이 있다보니 한번에 확 바꿀 수 없었지만, 그래도 조금씩 내 삶을 바꿀 수 있었다. 한근태 저자의 말처럼 정말 책에는 인생을 바꿀 수 있는 모든 것이 담겨져 있었다.

책을 읽고 하나씩 적용하다 보니 그 구절에 대해 내 생각을 조금씩 기록하기 시작했다. 그것이 내 글쓰기의 시작이었다.

처음에는 그 책을 쓴 저자의 의견과 지식을 그대로 받아들였지만, 점점 독서량이 증가하자 맞지 않는 구절도 보이기 시작했다. 그때부터 그 책에 나오는 구절에 대한 내 의견을 적고 실천했다. 맞는 것은 받아들이고, 그렇지 못한 것은 보완해서 나만의 방법을 찾았다.

그렇게 하다보니 그 책에 대한 저자의 생각을 제대로 이해하면서도 다양한 관점에서 바라볼 수 있게 되었다. 물론 모든 책을 그렇게 볼 수 없지만 지금도 책을 읽으면 인상깊은 구절에는 꼭 한번 내 생각을 간단하게라도 메모한다. 그것을 바탕으로 서평을 쓰기도 한다. 한근태 저자가 알려준 독서법을 지금까지 사용하고 있다.

많은 사람들이 글쓰기가 어렵다고 아우성이다. 나는 그 사람들에게 가장 쉽게 쓸 수 있는 방법이 '책을 읽고 거기에서 나온 인상깊은 구절에 자신의 생각을 한 줄이라도 써 보는 것'이라고 알려준다. 내가 그렇게 시작했기 때문이다. 매일 책을 읽고 자신이 찾은 구절에 자신의 생각을 매일 한 줄씩만 더 길게 적어보면 글쓰기 실력이 금방 늘어난다. 못 믿겠다면 한번 오늘부터 당장 시작하자.

책을 읽는 행위에서만 끝내놓고 많이 읽었다고 자랑하는 것은 어리석은 일이다. 한 권의 책을 읽더라도 거기에서 얻은 지식을 바탕으로 나를 돌아보고 실제 삶에 적용해서 기록까지 남길 수 있다면 그것이 진정한 독서의 마지막이다.

책을 읽어도 인생이 바뀌지 않는다는 사람들에게

2012년 예기치 않은 해고로 인해 네 번째 회사를 그만두게 되었다. 열심히 잘 살아왔다고 자부했지만, 현실은 그렇지 않았다. 당장 내일부터 이 서울 하늘 아래 수많은 사무실이 있는데, 내가 갈 곳이 없다는 사실에 자괴감이 들었다. 아무것도 하기 싫었다. 우울증과 무기력증에 빠졌다. 끝없는 수렁에 빠져서 헤어나오질 못했다.

그렇게 시간을 낭비하다가 살고 싶어 다시 책을 찾았다. 불현듯 어린 시절부터 문제가 있거나 힘들 때마다 책에서 답을 찾은 기억이 났다. 나와 같은 처지에 있는 저자들은 어떻게 어려운 인생을 극복하고 나왔는지 궁금했다. 그런 저자들의 자기계발서 위주로 열심히 읽었다. 인상깊거나 감명받은 구절은 밑줄을 쳤다.

책 여백이나 독서노트에 그 구절에 대한 나의 생각과 적용할 점 등을 짧게 적었다. 다 읽고 나면 서평을 썼다. 마지막으로 그 책에 나온 내용대로 하루에 꼭 한 가지는 실천했다. 그렇게 몇 개월을 지내고 나니 인생의 변화가 조금씩 찾아왔다. 큰 변화는 아니지만 마음이 좀 편안해지고 앞으로 어떻게 살아야 할지 인생의 방향을 정할 수 있었다.

지난 9년동안 읽고 쓴 서평을 모아 《독한 소감》이란 책을 발간했다. 이후 독서를 통해 인생을 바꿀 수 있었던 나의 노하우를 엮어 작년에 《지금 힘든 당신, 책을 만나자!》를 출간했다. 이후로 독서법과 서평쓰기 등의 강의를 준비해서 사람들에게 전파하고 있기도 하다. 지난 금요일도 오랜만에 미니 특강으로 진행했다. 강의에 참여한 사람들이 공통적으로 질문하는 게 있다.

"책을 읽는데도 왜 인생이 바뀌지 않고 똑같을까요?"

이 질문에 독서를 통해 인생을 조금씩 바꿀 수 있었던 나의 대답은 아래와 같다. 우선 책을 읽는 목적이 진짜 무엇인지 다시 물어본다. 단지 지식을 얻기 위해서? 취미를 만들고 싶어

책 한권 다 읽었다고
바로 덮지 말자.
읽는 행위에서 끝나는 게 아니라
실제로 적용하고 실천해서
깨달아야 진짜 독서라고 할 수 있다.

서? 이런 목적이라면 편하게 읽어도 된다. 하지만 자신의 인생을 변화시키기 위한 독서라면 단지 책을 읽는 행위에서 끝나서는 되지 않는다. 그 책에서 나온 내용 중 한 가지라도 실제로 적용해야 한다.

주식이나 부동산 등 재테크 관련 책을 읽었다면 작게 실제로 투자해보자. 주식 계좌를 만들어 한 주를 산다든가, 땅 일부 지분을 소액으로 공매에 참여한다든가 등 실제로 책에 나온 대로 따라해보고 실천해야 한다. 그렇게 해서 자신의 것으로 만들어야 인생의 변화를 조금씩 느낄 수 있다.

책 한권 다 읽었다고 바로 덮지 말자. 읽는 행위에서 끝나는 게 아니라 실제로 적용하고 실천해서 깨달아야 진짜 독서라고 할 수 있다. 오늘이라도 한 권의 책을 읽고 있다면 거기에 나온 내용 한 가지라도 좋으니 실천해보자. 결국 행동으로 옮겨야 한다. 실행이 인생을 바꾸는 첫걸음이란 것을 꼭 명심하자.

글쓰기에 진심입니다

몇 달 전《스트리트 우먼 파이터》라는 예능 프로그램이 전국을 강타했다. 전문 여성 댄서들이 모여 경연하여 승부를 겨루는 형식이다. 각 리더가 자신의 팀을 이끌고 단체로 경연하거나 개인적으로 즉흥 춤을 추는 모습들이 참 멋졌다. 그 전까지 이런 형식의 프로그램이 없다 보니 선풍적인 인기를 끌었다.

댄서 허니제이가 이끄는 홀리뱅 팀이 우승을 차지했다. 거기에 나온 각 팀의 리더는 전부 스타가 되어 많은 프로그램에 출연하게 되었다. 많은 리더가 있지만, 나는 평소에는 털털한 행보를 보이면서도 자신의 춤만큼은 진심을 다해 열중하는 허니제이의 팬이 되었다.

얼마 전에 출연한 예능 프로그램에서 허니제이는 자신의

팀원들과 연습실에서 춤 안무를 짜는 모습을 보여주었다. 연습하는 시간이 새벽 1시다. 댄서의 수입이 일정하지 않다 보니 낮에는 각자 일을 해야 해서 새벽밖에 연습할 시간이 없다고 한다. 그렇게 밤새 연습하고 집에 도착해서 침대로 향하니 새벽 5시다. 제작진이 그녀에게 피곤하지 않은지 질문했다. 허니제이의 대답은 다음과 같았다.

> "나에게 안무를 부탁한 사람에게 제대로 결과물을 보여주기 위해서는 쉴 틈이 없어요. 지금까지 춤은 나의 전부였어요. 춤만큼은 진심이었기에 여기까지 올 수 있었어요."

참 멋진 말이다. 프로답다고 생각했다. 자신의 분야에서 열정을 가지고 만족할 때까지 멈추지 않고 최선을 다하는 그녀가 참 대단하다고 느꼈다. 그럼 나는 어떤 것에 진심을 가지고 있는지 한번 생각해 보았다. 의외로 답을 찾는 데 오래 걸리지 않았다.

10년 전 인생의 나락으로 떨어지고 나서 다시 살기 위해 책을 읽었다. 책을 읽으면서 나처럼 인생이 힘든 사람들을 도와주고 싶어 글을 쓰기 시작했다. 더 정확히 말하면 내가 살기 위해 글을 썼다는 게 맞을 것이다. 감정이 불안하고 마음이 약한 나는 혼자서 견디는 힘이 부족했다.

항상 사람들을 만나 나의 힘든 사정을 이야기하고 위로를 받거나 조언을 들어야 풀리는 스타일이다. 그런데 그것이 한두 번이면 괜찮은데 계속 힘들다는 이야기가 반복되니 나를 만나주는 사람도 점점 없어졌다. 솔직히 이야기하면 내가 상대방에게 징징대다 보니 질려버린 것이다.

혼자 있는 시간이 점점 많아지다 보니 다시 내 가슴 속에는 응어리가 많이 맺혔다. 그것을 글을 쓰면서 토해냈다. 쓰면서 내 감정을 많이 풀어냈다. 한 문장씩 쓸 때마다 사무친 내 마음이 요동쳤다. 그렇게 매일 쓰다 보니 나와 인생에 대해 알게 되었다.

7년째 무슨 일이 있어도 매일 쓴다. 이제 글쓰기는 나에게 진심이 되었다. 다른 것은 다 양보하더라도 글쓰기만큼은 누구에게도 밀리고 싶지 않다. 여전히 많이 부족한 실력이지만 이제는 정말 잘 쓰고 싶다는 생각도 많이 한다. 그래서 좋아하고 존경하는 작가의 책을 열심히 읽고 그대로 따라 쓴다. 다양한

이 글을 읽는 여러분도 자신에게
진심인 것이 하나 있는가?
없다면 하나 찾아서 만들어보자.
그 진심이 당신의 인생을
더 풍요롭게 만들어 줄 테니까.
오늘도 나의 글쓰기는 계속된다.

글을 써보기 위해 노력하고 있다.

이 글을 읽는 여러분도 자신에게 진심인 것이 하나 있는가? 없다면 하나 찾아서 만들어보자. 그 진심이 당신의 인생을 더 풍요롭게 만들어 줄 테니까. 오늘도 나의 글쓰기는 계속된다.

글쓰기의 3가지 방해요소

스타벅스에 왔다. 커피 한 잔을 시킨다. 구석에 자리를 잡고 앉는다. 노트북을 켠다. 점원이 커피가 나왔다고 알려준다. 커피를 들고 다시 앉는다. 한글창을 켠다. 커피를 한 모금 마신다. 자, 이제 글을 한 번 써볼까?

그런데 막상 쓰려고 하니 뭘 써야 할지 생각이 나지 않는다. 미치겠다. 글쓰기 강의를 듣고 한 번 써봐야겠다는 동기부여를 강하게 받았는데 왜 이러지? 머리가 아프다. 다시 커피 한 모금을 마신다. 다시 한 번 마음을 먹고 타자를 친다. 한 두 줄 쓰다가 지운다. 글쓰는 게 이렇게 어려울 줄 몰랐다.

글을 쓰다보면 한번쯤 위와 같은 경험을 하게 된다. 글쓰기 책을 읽거나 강의를 들으면 금방 쓸 수 있는 마음이 든다. 오늘

하루 힘든 일을 겪고 나서 마음이 아파 글을 쓰면 위로가 된다고 들었다. 그 이야기에 한번 글을 쓰려고 도전했는데, 역시 마음처럼 잘 되지 않는다.

그러면 대체 어떻게 하란 말이냐? 쓰지 말라고? 하긴 글을 쓰지 않아도 먹고 사는 데 지장은 없다. 그래도 쓰고 싶은데 잘 안 써지니 답답하다. 방법은 하나다. 일단 죽이 되든 밥이 되든 써보는 것이다. 그렇게 매일 쓰다보면 조금씩 성장하는 자신을 발견할 수 있다. 그런데 이것 말고 글쓰기를 방해하는 요소가 있다. 이 방해요소 덕분에 오히려 글을 쓰는 것이 더 힘들어진다. 그것이 무엇인지 한번 아래와 같이 소개해본다.

분량과 시간을 정하지 않는다

내가 오늘 써야 할 분량과 시간을 정하지 않으면 멍해진다. 내가 어디까지 써야 할지 모르기 때문에 쓰다가 지우다를 반복한다. 분량을 정하지 않았기 때문에 어디서 마무리해야 할지도 불분명하다. 분량을 먼저 정해야 내가 쓸 수 있는 시간이 확보된다. 먹고 자는 시간을 빼고 하루종일 글만 쓰는 전업작가도 그 날에 쓸 분량과 시간을 먼저 정하고 작업한다. 하루 24

시간은 정해져 있다. 나는 분량과 시간을 먼저 생각하고 글을 쓰기 시작한다.

스마트폰을 가까이에 둔다

글을 쓰기 시작하면 마무리할 때까지 거기에만 집중해야 한다. 한 줄 쓰다가 누구에게 메시지가 왔는지, 블로그나 인스타그램 등에 댓글이나 좋아요가 얼마나 있는지 등 수시로 확인한다. 무의식적으로 스마트폰부터 보는 습관이 길들여져 있다 보니 한 개의 글을 완성하는 데 시간이 오래 걸린다. 글을 쓰다가 딴짓을 하게 되면 그 흐름이 끊기는 경우가 많다. 스마트폰을 잠시 멀리두고 끝까지 쓰도록 하자.

책을 읽지 않는다

글을 쓰기 위해서는 어느 정도 독서량이 필요하다. 물론 책도 읽지 않고 자신이 생각나는 대로 글을 쓸 수 있다. 그렇게 쓰다가 얼마 못가 자신이 가진 아웃풋은 바닥이 난다. 더 이상 쓸거리가 없다. 글을 계속 쓰기 위해서는 많지 않더라도 책을 꾸준히 읽어야 한다. 자신이 쓰고자 하는 글감과 주제에 대한 책을 몇 권이라도 읽자. 저자가 그 주제를 어떻게 풀어쓰고, 어떤 단어와 문장을 사용했는지를 살펴보자. 이렇게 하면 아웃풋이 쌓여 충분히 글을 쓸 수 있다.

다른 글쓰기 방해요소도 많지만 개인적으로 위 3가지가 가장 큰 요소가 아닐까 한다. 일단 글을 쓰기 시작하면 무조건 양을 채우는 것이 가장 중요하다. 그래야 다른 글을 또 쓸 수 있다. 그 초고를 계속 고쳐서 좋은 글로 만들 수 있다.

또 딴짓은 하지 말고 쓰는 행위에만 몰두하자. 글을 쓰기 전에 관련된 책 몇 권이라도 읽자. 위 3가지 방해요소만 해결해도 글쓰기가 좀 더 수월해진다. 글은 써 본 사람만이 그 달콤함을 알 수 있다. 오늘도 글쓰기 좋은 날이다.

철학적 글쓰기 방법
(SAW 글쓰기)

철학이란 말을 들으면 많은 사람들이 고개를 절레절레 흔든다. 그만큼 어렵게 느껴지는 것이 철학이다. 나조차도 그렇다. 대학시절 도서관에서 철학과 관련된 책을 몇 권 골라 읽었다. 두세 줄 읽고 포기했다. 같은 한글인데 왜 그리 어렵게 써 놓았는지 이해가 되지 않았다. 동아리에 철학과 친구들이 있어서 무슨 의미인지 물어봤지만, 그들조차 쉽게 설명하지 못했다. 아무래도 철학 자체를 처음부터 어렵게 생각하다 보니 접근이 쉽지 않았다.

4차 산업혁명과 메타버스 등의 개념이 나오면서 세상은 하루가 다르게 빨리 변하는 중이다. 기술의 발달로 인간사회는 점점 더 편리해지고 있지만, 삶은 어딘가 모르게 공허하고 불

일상이나 인생에서 나를 살펴보고
문제를 찾아 생각을 통해 답을 찾아
기록하고 적용하다 보면
어제보다 좀 더 나은 삶이 되지 않을까 한다.
철학적 글쓰기를 한번 해보자.
그 시도가 당신에게 좀 더 근사한
인생을 열어줄 열쇠가 될지 모른다.

안하다. 부익부 빈익빈 현상은 심해지고 있다. 서로간의 소통은 점점 줄어든다. 개인주의가 만연해지면서 인간관계는 서로 필요에 의해서 유지되는 경우가 많아지고 있다.

먹고 사는 것도 힘들어지는 이 시대에 늘 불안하게 살아가는 현대인들은 쾌락과 돈을 좇고 주관적인 만족을 위해 자기계발에 열중한다. 이렇게 자기계발을 하면서도 공허하고 불안하다. 이렇게 계속 흔들리면 자신의 정체성까지 잃어버릴 수 있다.

이와 다르게 자식이나 배우자 등을 뒷바라지 하느라 자신의 인생을 살지 못한 사람들도 어떤 계기로 인해 나만의 인생을 살고 싶을 때가 온다. 이렇게 불안하고 혼란스러운 자신의 인생을 정리하고 진짜 나의 모습을 찾고 싶을 때 필요한 것이 바로 '철학'이다. 철학은 세상이 아무리 변해도 변하지 않는 인간의 보편적인 가치이다.

삶과 죽음, 행복과 불행, 사랑과 증오 등이 그것이다. 철학은 바로 자신의 인생을 묘사한다. 이러한 철학을 배우기 위해 쉽게 접근할 수 있는 방법이 바로 고전 독서와 철학적 글쓰기이다. 고전을 읽는 방법은《지금 힘든 당신, 책을 만나자!》에 자세하게 소개되어 있으니 한번 참고하자. 여기서는 철학적 글을 쓰는 방법에 대해 알아본다. SAW 글쓰기로 이름을 붙여서 소개한다.

Survey and Search(나를 점검하고 문제를 찾는다)

현재 나의 상황을 살펴본다. 객관적으로 점검하는 것이다. 그리고 나의 문제가 무엇인지 찾는다. 주제 파악을 먼저 하라는 이야기다. 현실 점검을 통해 문제점을 파악하는 것이 앞으로 나를 찾기 위한 첫걸음이 될 수 있다.

Ask the Question and Answer(질문하고 답을 찾는다)

1)의 과정이 끝났다면 많은 질문이 나올 수 있다. 자기 자신에 대해 많은 생각을 했기 때문이다. 내가 좋아하는 것은 무엇일까? 어린 시절에 관심 있던 주제는 무엇일까? 일을 제외하고 가장 많이 하는 행동은 무엇인가? 나는 누구인가? 등의 질문이다. 그 질문에 대해 답을 찾는 것이 철학의 시작이다. 답을 찾기 위해서는 생각을 해야 한다.

Write(기록한다)

사색을 통해 답을 찾았다면 이제 종이를 꺼내거나 노트북을 켜고 기록을 시작한다. 한 줄씩 쓰면 된다. 이렇게 기록하고 나서 자신의 인생에 하나씩 적용할 수 있으면 금상첨화다. 그것이 바로 철학을 일상에 접목시키는 일이기 때문이다.

나는 이 SAW 방법으로 철학적 글쓰기를 시도하고 있다. 물론 아직 예전 철학자들만큼의 방대하고 어려운 철학적 지식을 가지고 있지 못하다. 하지만 결국 철학도 나 자신을 찾아가는 인문학과 같은 궤를 가지고 있다. 이렇게 일상이나 인생에서 나를 살펴보고 문제를 찾아 생각을 통해 답을 찾아 기록하고 적용하다 보면 어제보다 좀 더 나은 삶이 되지 않을까 한다. 이 글을 읽는 사람들도 위 방법으로 철학적 글쓰기를 한번 해보자. 그 시도가 당신에게 좀 더 근사한 인생을 열어줄 열쇠가 될지 모른다.

글쓰기를 쉽게 시작하는 4가지 방법

SNS가 발달하면서 사람들이 글쓰기에 관심이 많아졌다. 그러나 막상 글을 쓰려고 하면 막막하다. 머리에 떠오르는 생각과 가슴에서 우러나오는 감정 등을 빨리 쏟아내어 옮기고 싶지만 마음대로 되지 않는다. 또 먹고 살기 바쁘다 보니 글을 쓰고 싶은 마음이 굴뚝같지만 피곤해서 뒤로 미루기도 한다. 막상 또 쓰려고 책상에 앉았지만 도무지 진도가 나가지 않는다.

2015년부터 지금까지 7년째 글을 쓰고 있다. 본격적으로 글을 쓰기 위해 마음먹고, 퇴근 후 늦은 밤 노트북을 켜서 한글창을 열었다. 막상 쓰려고 하니 첫 줄도 생각나지 않았다. 2시간 동안 멍하니 화면만 바라보다가 졸려서 그냥 잤다.

이러다 영영 쓰지 못할까봐 다음날 똑같은 시간에 앉아 다시 노트북을 켰다. 여전히 무엇을 써야 할지 생각이 나지 않는다. 어떻게든 한 줄이라도 써야겠다고 생각하고, 무작정 타자를 치기 시작했다. 다섯 줄까지 쓰니 더 이상 쓸 말이 없었다. 무조건 매일 한 줄이라도 더 써야겠다고 다짐했다. 오늘은 글쓰기가 막막한 사람들을 위해 쉽게 시작하는 방법을 한번 나누어 보고자 한다.

시간을 확보하자

자신의 24시간 일상을 어떻게 보내고 있는지 파악하자. 직장인이라면 아침 9시부터 6시까지 일을 한다. 앞뒤로 출퇴근 시간은 빼야 한다. 잠을 자거나 집안일을 하는 등의 시간도 제외하자. 자신에게 쓸 수 있는 시간은 2시간 정도 나올 수 있다. 글쓰기를 하기로 마음을 먹었다면 어떻게든 하루에 사용할 수 있는 시간을 먼저 확보하자. 새벽도 좋고, 늦은 밤도 상관없다. 자신에게 가장 맞는 시간에 글쓰기를 할 수 있도록 하자.

공간(장소)을 확보하자

시간을 확보했다면 어디서 써야 할지 찾아보자. 글쓰기는 공간도 중요하다. 보통 혼자 조용하게 글을 쓰는 사람이 대부분이다. 그런 공간을 집 안에 마련할 수 있는지 확인하자. 그게 쉽지 않다면 자신이 좋아하는 커피숍이나 스터디 카페 등을 찾는 것도 좋다.

무엇을 어떻게 써야 할지 5~10분 정도 고민하자

시간과 공간을 확보했다면 무작정 쓰지 말고 무엇을 어떻게 쓸지 5~10분 정도 고민하자. 마인드맵이나 표를 만들어서 키워드를 적어도 좋다. 구성방식을 미리 생각해서 그 주제에 맞는 경험이나 감정, 인용문 등을 어떻게 넣을지 생각하자. 미리 준비하면 글쓰기가 수월해진다.

끝까지 쓰자

한번 쓰기 시작했으면 몰입해서 끝까지 쓰자. 쓰다가 지우다를 반복하면 영영 쓸 수 없다. 처음에 글을 쓸 때는 내가 제대로 쓰고 있는지 아닌지 판단하기 어렵다. 그렇다 보니 글을 쓰다가 망설이게 되고 끝맺음을 하지 못한다. 글은 일단 양을 채우는 게 가장 중요하다. 양을 채워놓고 계속 퇴고하면 그만이다. 잘 쓰고 못 쓰고를 떠나 일단 자신이 정한 분량을 다 채우는 것이 가장 중요하다는 것을 잊지 말자.

위 4가지 방법을 사용하면 글쓰기를 쉽게 시작할 수 있다. 이렇게 쓰기 시작했다면 매일 같은 시간과 공간에서 양을 채우면 된다. 이렇게 꾸준하게 하다 보면 글쓰기도 쉬워진다. 어렵다고 아무것도 하지 말고, 위 4가지 방법을 오늘부터 적용해보자. 무슨 일이든 처음에만 어렵다. 일단 시작하면 무엇이든 익숙해진다. 닥치고 쓰다보면 무엇이든 작품이 된다.

삶의 모든 순간이 글감이 된다

며칠 전 퇴근길 술을 마시고 평소보다 늦은 시간이었다. 지하철역에서 내려 밖으로 나오니 얼굴 표정이 일그러졌다. 봄이 가까워오고 있지만 여전히 겨울이다보니 춥다. 얼굴로 파고드는 바람이 차갑다. 귀 아래로 스며드는 바람소리도 이날따라 왠지 서글프게 느껴진다.

버스를 타기 위해 발걸음을 옮겼다. 집으로 가는 버스는 10분 정도 기다려야 한다. 오늘따라 많은 사람들이 정류장에 있다. 각자의 쉼터로 가기 위한 마지막 관문이다. 대부분의 사람들이 스마트폰을 보고 있다. 그 모습을 지켜보던 나도 어느샌가 눈이 스마트폰으로 향해 있다.

시간을 보고 다시 주위를 둘러본다. 정류장 한 구석에서 시끄러운 소리가 들린다. 나처럼 술을 먹은 듯하다. 한 아저씨가 술이 많이 취했는지 계속 비틀거리면서 소리친다. 그러다가 넘어졌다. 아무도 신경쓰지 않기에 달려가서 그 사람을 일으킨 후 물었다.

"집이 어디세요? 택시 불러드릴까요?"

"당신 뭐야! 당신도 나 무시하는 거야?"

"아니요. 집에 가셔야죠. 이런 날씨에 여기에 계시면 얼어죽습니다."

"뭔 상관이야! 저리 꺼져."

더 이상 이야기하면 한 대 맞을 것 같았다. 다행히 그 사람도 일어났다. 비틀거리긴 했지만 다른 쪽으로 걸어갔다. 버스가 도착했다. 줄을 서서 탔다. 맨 뒷자리가 비어 있어 앉았다. 앞에 한 20대 연인이 보인다. 술에 많이 취한 듯한 여자가 남자의 어깨에 기대어 자는 듯하다. 그 여자의 모습을 남자는 사랑스럽게 쳐다본다.

버스가 출발했다. 창 밖으로 시선이 옮겨간다. 늦은 밤에 날씨까지 춥다보니 서둘러 집으로 뛰어가는 사람들이 많이 보인다. 삼삼오오 공부를 마치고 집에 가는 청소년들도 보인다. 15

분 정도 달린 버스가 집 근처 정류장에 도착한다. 작년 이사간 집까지 10분 정도 또 걸어야 한다. 집에 가는 골목길은 조용하다. 가로등만 나를 감싸고 있다. 사람 한 명 보이지 않는다. 오늘따라 무서워서 집까지 뛰어갔다.

많은 사람들이 쓸거리가 없어서 글을 못쓴다고 아우성이다. 처음 글을 쓰기 위해 마음먹던 나도 그랬다. 무엇을 써야 할지 몰랐다. 정말 특별한 것을 써야 사람들이 읽는 줄 알았다. 물론 사람들이 궁금해하는 콘텐츠나 내용을 써야 많은 사람들이 보는 것은 당연하다. 하지만 꼭 그렇다고 그런 글만 써야 하는 것이 아니다.

위에 썼던 글은 늦은 퇴근길의 느낌을 적은 것이다. 이렇게 어떤 일상도 글로 옮길 수 있다. 지금 내 눈 앞에 보이는 사물, 만나는 사람의 모습과 대화, 그 현상이나 사건에서 느낀 감정 등 모두를 글로 표현하면 그만이다. 삶의 모든 순간이 글감이 된다. 편안한 일요일 지금 이 순간 무엇을 하고 있는지 편하게 써보자.

fn
ctrl
어떤 일상도 글로 옮길 수 있다.
지금 내 눈 앞에 보이는 사물,
만나는 사람의 모습과 대화,
그 현상이나 사건에서 느낀 감정 등 모두를
글로 표현하면 그만이다.
삶의 모든 순간이 글감이 된다.

스토리텔링 잘하는 법

글을 쓰다 보니 자주 보고 듣는 단어가 있다. 바로 '스토리텔링'이다. 과연 스토리텔링이 무엇이길래 사람들이 이와 관련된 강의를 듣거나 책을 찾아보는 것일까? 오늘은 내가 생각하는 스토리텔링에 대해 한번 써보고자 한다.

한번 '스토리텔링'의 정의에 대해 살펴보자. 네이버 사전을 찾아보니 다음과 같다.

'스토리(story)'는 어떤 시간적인 구성(서사)을 기반으로 하여 시간과 끝이 존재하는 이야기이다. '텔링(telling)'은 그 스토리를 상대방에게 전달하는 모든 방법을 뜻한다. 두 개를 합치면 '서사를 바탕으로 쓴 이야기를 전달하는 수단'이라고 볼 수 있다. 더 나아가면 자신의 일상을 시간적으로 구성한 이야기를 글로 쓰거나 말하기 등의 수단으로 전달하는 행위라고 이해하면 쉬울 듯하다.

항상 말하지만 글쓰기의 주제는 누구나 알고 있는 인간이 가진 보편적인 것들이다. 탄생과 죽음, 사랑, 행복과 불행, 돈, 가족, 결혼, 이혼, 실직 등등 사람이라면 한번쯤 경험하거나 마주하게 되는 그런 주제다. 이 스토리텔링을 잘 이용하면 똑같은 주제라도 타인이 쓴 글과 차별화할 수 있다. 그 이유는 사람들이 다 같은 인생을 사는 것이 아니기 때문이다. 100명의 사람이 '사랑'에 대한 글을 썼다고 하자. 아마 전부 다른 사랑 이야기가 나온다. 그들 각자의 이야기가 담겨 있기 때문이다.

그럼 스토리텔링을 잘하는 방법은 무엇일까? 내가 생각하는 방법은 아래와 같다.

읽는 독자들에게 전달할 수 있는 메시지를 생각하자

스토리 즉 이야기는 서사를 기반으로 한다. 자신의 이야기를 시간적 순서대로 나열만 해서는 안 된다. 그 이야기에서 독자들에게 전달할 수 있는 메시지를 우선 생각하자. '행복'이라는 주제를 가지고 글을 쓴다고 가정하자. 가장 먼저 해야 할 일은 '왜 우리는 행복해야 할까?', '행복하기 위해서 먼저 해야 할 것들'과 같이 독자들에게 어떤 메시지를 전달하지 고민하는 것이다. 독자는 저자의 이야기보다 저자가 그 이야기를 통해 던지는 메시지의 가치와 의미를 더 궁금해한다.

직접 경험을 서술하자

독자를 설득하고 공감하게 할 수 있는 가장 큰 이야기는 바로 저자 자신의 이야기다. 자신이 직접 겪었던 경험을 쓰자. 어떤 분야에서 시행착오를 겪으면서 성과를 낸 경험, 실패담 등이 그것이다. 그런 이야기가 생생하게 글에서 녹아 독자들에게 짜릿함을 선사할 수 있다. '사랑'이란 주제로 글을 쓴다면 배우자, 연인과의 첫만남, 싸우고 난 후 화해, 이별 등 직접 겪은 사랑에 대한 경험을 쓰면 독자들에게 감정이입이 더 잘된다.

명확한 글의 구조를 구성하자

몇 번 소개했지만 내가 가장 잘 활용하는 글의 구성방식은 다음과 같다. '나의 경험-거기에서 느낀 감정-(인용)-가치와 의미를 찾아 메시지 전달(결론)'의 구성이다. 또는 '어떤 특정한 사건 발생-고난-해결책-메시지 전달(결론)'의 구성방법도 활용한다. 이런 글의 구성방식도 스토리텔링을 잘하는 데 도움이 된다.

그 밖에도 스토리텔링을 잘하는 방법은 책이나 인터넷 검색을 통해 쳐보면 많이 나온다. 그 중에 특히 나는 위 세 가지 방법을 통해 내 글에 스토리텔링을 적용했다. 어떻게 보면 스토리텔링 기법이 어려운데, 나만의 방식으로 매일 쓰고 적용하다 보니 조금 수월해졌다.

결국 스토리텔링을 잘하는 방법은 오늘 내가 무엇을 했는지부터 시간적으로 구성하여 거기에서 어떤 메시지를 줄 수 있는지 생각하면 쉽게 접근할 수 있다. 오늘은 위 3가지 방법으로 한번 스토리텔링이 들어간 글을 한번 써보자.

글쓰기는 세상을 향한 나의 퍼포먼스

《스트릿 우먼 파이터》를 통해 유명한 댄서들을 알게 되었다. 프로그램 자체가 워낙에 인기리에 방영된 터라 출연했던 댄서들이 모두 유명인사가 되었다. 그 영향으로 공중파와 종편에 상관없이 많은 예능프로그램에 게스트로 출연하여 그 인기를 실감하게 된 그녀들이다. 허니제이도 그 중의 한 명이다.

얼마 전 방영된 《나 혼자 산다》에 출연한 그녀는 자신의 일상을 공개했다. 학교에서 자신과 같이 춤을 추는 후배들을 양성하는 교수로 활동하고 있다. 학생들의 춤을 보면서 마지막에 그녀가 했던 말 한마디 한마디가 내 마음에 참 와 닿았다.

"너희가 퍼포먼스 잘하는 댄서가 되었으면 좋겠어. 퍼포먼스에는 이야기를 담을 수 있거든. 춤으로 무엇인가를 표현한다는 게 댄서만이 할 수 있는 일이야. 시간 때우지 말고 내 몸뚱이 하나하나를 정성스럽게 움직였으면 좋겠어. 댄서로 자부심을 가지려면 책임감도 있어야 돼."

평생동안 춤에 대한 열정으로 살아온 그녀다운 이야기다. 퍼포먼스의 뜻을 국어사전에서 찾아보니 '관중들에게 자신이 표현하고자 하는 관념이나 내용을 신체 그 자체를 통하여 구체적으로 보여주는 예술행위'라고 한다.

글쓰기도 마찬가지다. 종이라는 무대 위에 내가 주인공이 되어 써내려가는 퍼포먼스라고 할 수 있다. 그 퍼포먼스에는 이야기를 담을 수 있다. 나만이 할 수 있는 이야기를 담아 춤추듯이 종이 위에 써내려가면 그것이 바로 작품이 된다.

댄서가 춤을 추면서 관객에게 자신이 하고 싶은 이야기를 전달한다. 작가도 글을 쓰면서 독자에게 나의 이야기를 들려준다. 댄서는 온 몸을 통해 작가는 머리와 손을 통해 구체적으로 퍼포먼스를 보여주는 것이다.

잘 추지 못하거나 그 글이 초라하고 보잘 것 없더라도 퍼포먼스를 선보이는 당사자가 진심을 담을 수만 있다면 그것

오늘 한번 종이를 꺼내어 세상을 향해
자신의 진심을 담아 한 줄이라도
끄적여보자. 관객이 단 한 명이라도
당신이 펼친 퍼포먼스에 열광하거나
감동받을지 모르니까.

이 최고의 무대가 아닐까 한다. 오늘 한번 종이를 꺼내어 세상을 향해 자신의 진심을 담아 한 줄이라도 끄적여보자. 관객이 단 한 명이라도 당신이 펼친 퍼포먼스에 열광하거나 감동받을지 모르니까. 여전히 부족한 작가이지만 나도 내 진심을 담아 글을 써서 많은 사람들에게 매일 최고의 퍼포먼스를 선사하고 싶다.

4부

마흔의 감정과 관계 공부

감정의 온도

10여 년 전 다니던 세 번째 회사에서 추진 중이던 개발사업이 어려움에 봉착했다. 이 문제의 해결책을 검토하라는 요청이 있었다. 팀장이던 이사가 3일의 기한을 주었다. 이틀 내내 고민하고 밤 새워가며 검토 보고서를 완성했다. 아침 일찍 출근한 이사에게 바로 보고서를 올렸다.

"야! 보고서 내용 이렇게밖에 못 쓰냐? 내가 발로 써도 이것보단 잘 쓰겠다!"

"죄송합니다. 틀린 부분을 다시 지적해주시면 수정하겠습니다."

"야! 대리라는 놈이 보고서 하나를 못 쓰면 어떡하냐? 내용의 표준화 몰라?"

"이사님 표준화라는 것을 잘 모르겠습니다. 한번 알려주시면 다시는 틀리지 않겠습니다."

"야! 내가 일일이 다 알려줘야 하냐?"

이사의 그 한 마디에 순간 욱했다. 내 감정의 온도는 섭씨 80도까지 올라갔다. 부글부글 끓기 직전이다. 20도만 더 올라가면 이사와 부딪히기 직전이다. 갑자기 앞에서 그는 내가 쓴 검토서를 구기더니 찢어버렸다.

"아아아아악!"

결국 폭발했다. 찢어져 바닥에 떨어진 검토서 조각에 눈이 뒤집혔다.

"대체 그 표준화가 뭔데 그러십니까? 이사님은 처음부터 잘 쓰셨습니까? 혼나고 욕을 먹는 건 괜찮지만, 문제가 있으면 구체적으로 말씀해 주시면 수긍할 수 있는데 너무 하신 거 아닙니까?"

이미 내 감정의 온도는 100도가 넘었다.

나의 갑작스런 반응에 이사는 당황했으나, 오래가지 않았다. 평온한 목소리로 빨간색으로 수정사항을 각 장마다 적어놓았으니 참고하여 수정하라고 지시했다. 그의 감정온도는 정말 차가웠다.

"이제 우리 그만 만나. 더 이상 앞으로 연락하지 마."

"왜 갑자기 그런거야? 내가 잘못했어. 한번만 봐줘."

"아니야. 이제 정말 우린 끝이야."

"진짜 왜 그래. 내가 더 잘 할게. 용서해줘."

몇 번의 기회를 주었지만 이미 감정 정리가 끝난 상대방의 온도는 차갑다. 차인 당사자의 감정은 여전히 상대방을 사랑하기 때문에 뜨겁다. 시간이 지나도 사랑의 감정이 정리가 되지 않으면 그 뜨거움에 가슴이 아프다.

내 감정의 온도가 뜨거웠다 차가웠다 반복할 때마다 마음이 불안했다. 그러다 감정의 온도가 더 이상 느껴지지 않을 때가 가장 위험했다. 뜨겁지도 차갑지도 않은 그 상태가 가장 우울한 상태이다. 가장 편안하게 느껴지는 온도는 뜨거움과 차가움의 중간 상태인 미지근할 때다. 무엇이든 적당한 것이 가장 좋다. 감정도 마찬가지다.

이미 식어버린 차가운 감정으로 타인을 사랑할 수 없다. 너무 뜨거운 감정으로 분노를 표출하면 이 힘든 세상을 살아가기가 더 힘들기 때문이다. 지금도 많이 나아졌다고 하지만 가끔 감정의 적당한 온도를 찾지 못해 방황하고 힘든 날을 보낼 때도 있다.

코로나19로 집에 있는 시간이 많아진 이 시기에 자신 감정의 온도가 언제 적당한지 한번 살펴보자. 감정만 잘 관리해도 인생은 편해진다.

현재 인간관계가 힘든 이유

몇 년 전 아침 출근길이다. 평소보다 조금 늦게 집에서 나왔다. 지하철역까지 15분 정도 걸어야 한다. 빠른 걸음으로 이동하니 5분 정도 시간을 벌 수 있었다. 이제 에스컬레이터를 걸어서 내려가기만 하면 수월하게 지하철을 탈 수 있다고 판단했다.

사실 에스컬레이터에서 내려갈 때까지 난간을 잡고 서서 기다리는 게 원칙이나, 대부분 빨리 가야 하는 마음에 걸어서 이동한다. 내려가는데 누가 앞에서 기다리고 있으면 비켜달라고 소리친다. 내가 사는 곳의 지하철역은 에스컬레이터가 한 줄이라 그런 경향이 더 높다.

에스컬레이터를 탔다. 내려가려고 하는데 내 앞에 어떤 여자가 기다리고 있다. 어쩔 수 없이 처음에는 서서 기다렸다. 내 뒤에 오는 사람이 갑자기 비켜달라고 소리친다. 뒤를 돌아보니 어떤 여자가 인상을 찡그리고 있다. 내가 비켜주고 뛰어내려가다 내 앞에 서서 기다리던 여자와 충돌했다. 두 여자가 넘어지며 에스컬레이터에서 굴렀다.

다행히 거의 내려온 지점이라 크게 부상당한 것 같지 않았다. 그런데 내 앞에 있던 여자가 일어나질 못한다. 쳐다보니 한 쪽 발에 깁스를 한 상태였다. 그랬다. 이미 발을 다쳐 이동이 불편한 상태다 보니 에스컬레이터에서 서 있을 수밖에 없었던 것이다. 상황을 제대로 보지도 않고 조급한 마음에 먼저 비켜달라고 소리쳤을지도 모른다.

쉽게 단정지었던 내 자신이 부끄러웠다. 그래도 잘 참고 기다렸다는 사실에는 안도했다. 사실 내 뒤에 더 급한 여자가 아니었다면 내가 먼저 앞에 서 있던 여자를 밀치고 갔을 것이다. 일단 역무원을 불러 자초지종을 이야기하고, 출근시간에 늦을까봐 지하철 플랫폼까지 뛰어갔다.

한 커뮤니티에 지인이 올려주신 글을 보고 그 날 벌어진 상황이 다시 생각났다. 나를 포함한 많은 사람들이 왜 인간관계가 힘든지 조금 알게 되었다. 바로 이것 때문에 관계가 끊어지고 틀어진다. 바로 기다리지 못하는 '조급함(성급함)' 때문이다. 어차피 사람은 본성이 자기 위주로 먼저 생각한다. 여기에 조급함이 더해지면 상대방보다 빨리 말하는 사람이 승자가 된다. 기다리지 못하고 자기 감정을 쏟아붓고 단정지어 버린다.

나조차도 욱할 때마다 지금 내 감정이 상당히 좋지 않다는 뉘앙스를 상대방에게 전달하기 위해 생각없이 말을 내뱉은 적도 많다. 상대방의 감정은 어떤지 생각조차 하지 않았다. 그 결과 당연히 그 상대방과의 인연은 거기서 끝났다. 한번 더 기다리면서 그 상황을 객관적으로 보고, 넓은 아량으로 이해했다면 그렇게 관계 단절을 예방할 수도 있었을 텐데.

남들보다 조급한 성격이 강해서 잘 지내던 사람들과 관계를 스스로 망치는 경우가 많았다. 돌아보면 참 후회스럽다. 그래서 지금은 그 조급함을 내려놓는 연습을 하고 있다. 상대방의 말을 먼저 들으려고 한다. 내 앞에 있는 상황을 여유롭게 바라보고 판단하고자 한다. 혹시 나와 같은 분이 있다면 그 조급함과 이별하는 연습을 해보자.

"한번의 성급한 판단이 모든 관계를 망칠 수 있다."

내 앞에 있는 상황을
여유롭게 바라보고 판단하고자 한다.
혹시 나와 같은 분이 있다면
그 조급함과 이별하는 연습을 해보자.
"한번의 성급한 판단이 모든 관계를 망칠 수 있다."

무슨 일이 일어나든
결정할 수 있다

30대 중반 예기치 않은 해고를 당했다. 나름대로 열심히 살았다고 생각했지만, 더이상 나에게 남은 것은 없었다. 하지만 지금 생각하면 남은 게 없는 것이 아니었다. 모든 것을 잃었다고 스스로 내가 결정한 것이다.

결혼해서 아내와 첫째아이가 있었다. 전세로 살고 있었지만 내가 쉴 수 있는 집도 있다. 지금까지 일하던 직장만 잃었을 뿐이었다. 하지만 내 인생이 끝났다는 자괴감이 드는 바람에 좋은 선택을 할 수 없었다. 그렇다 보니 더 깊은 인생의 구렁텅이로 빠질 수밖에 없는 결과를 초래하게 된 것이다.

그 뒤로 우울증과 무기력증이 심해졌다. 그 상황을 만든 것도 내가 결정한 것이다. 우울증과 무기력증에서 탈출하자고 마음을 먹었어야 했는데, 그렇게 하지 않았다. 살아가야 할 이유와 의미도 찾을 수 없다고 생각했다. 그냥 내 마음이 그렇게 결정해서 나를 조종하게 만든 것이다. 마음 먹기에 달려있다는 이야기를 수없이 들었지만, 이제야 그 의미를 조금씩 이해하게 되었다.

부정적인 마음이 쌓이면 자꾸 나쁜 일이 일어난다. 수많은 사람들에게 웃음과 행복을 주는 연예인들도 겉으로 보면 성공한 인생이다. 하지만 우울증에 빠져 스스로 인생을 등지는 경우도 종종 목격한다. 모든 것을 가진 그들도 불행을 선택하고 결정하다 보니 일어난 결과였다. 결국 무슨 일이 일어나든 스스로 결정할 수 있다는 단순한 진리를 알게 되었다.

다시 살고 싶지 않았다. 죽고만 싶었다. 몇 번 시도했지만, 문득 이렇게 허망하게 세상을 떠나는 것이 아쉬웠다. 다시 선택의 기로에 섰다. 결정했다. 내 인생을 한번 바꾸어 보기로. 다시 살기 위해 독서를 시작했다. 책에서 답을 찾아보자고 했던 것도 내 결정이었다. 그렇게 책을 읽고 내 인생에 적용하면서 조금씩 인생의 변화를 가져올 수 있었다. 변화의 과정과 힘든 인생을 살아가는 사람들을 도와주고 싶은 마음에 글을 쓰기로 결정했다. 그렇게 결정하고 시작한 독서는 10년째, 글쓰기는 7년째 계속되고 있다.

우연히 한 영상을 다시 보게 되었다. 한참 힘든 시기에 많이 보면서 마음을 다잡았던 영상이다. 세계적인 동기부여가 토니 라빈스의 강연을 담았다. 그 강연 중에 나온 한 구절이 다음과 같다.

"우리가 할 수 있는 가장 중요한 결정은 말이죠. 이 모든 세상에서 결정하는 겁니다. 이 세상의 어떤 경우에서도 아름다운 상태로 살겠다고요. 아름다운 상태가 두려움 없이 정말로 당신 자체의 핵심요소입니다. 인간은 모두 고통받아요. 이혼을 할 수 있고, 가족이 세상을 떠날 수 있어요. 실직할 수 있습니다. 어떤 것이든 일어날 수 있다는 것을 알고 있으세요!

인생 자체가 불확실합니다. 하지만 딱 하나 당신이 할 수 있는 일이 있습니다. 무슨 일이 일어나든지 결정할 수 있어요. 그 결정이 당신의 오늘을 아니 인생을 바꿀 수 있습니다. 오늘 결정하세요. 행복하기로!"

멍한 상태에서 봤는데, 마지막 구절에서 전율이 느껴졌다. 정말 인생은 불확실하다. 어떤 일이든 일어날 수 있다. 그것을 받아들일지는 나 자신의 몫이다. 짜증나고 무기력해지는 것도 그 상황을 받아들이는 나의 감정이었다. 오늘 힘들고 지친 일이 있어도 결국 그 감정을 선택하고 결정하는 것은 나다. 어떤 상황이 생겨도 행복하기로 결정했다면 조금 덜 힘들었을지 모르겠다. 스스로 지치고 힘들다고 결정하니 주변 사람들에게도 좋지 않은 영향을 주었다.

토니 라빈스의 마지막 구절처럼 오늘만큼은 무슨 일이 있어도 행복하기로 매일 아침 나에게 주문을 걸어볼 생각이다. 매일 그렇게 하다보면 좀 더 행복하고 근사한 인생을 만날 수 있지 않을까? 이 글을 읽는 여러분도 지금 여기 이 순간 행복하기로 스스로 결정해보자. 아마도 그 결정이 지금까지 자신이 한 일 중에 최고가 될지도 모르니까.

지속하느냐, 끊느냐!
그것이 문제로다

책을 읽고 글을 쓰면서 예전보다 인생의 변화를 조금씩 느끼는 중이다. 특히 타인의 눈치를 보면서 살았던 과거보다 당당하게 요구하고 나부터 챙길 수 있게 된 지금이 좋다. 그래도 타고난 성향은 바꾸기가 힘든지 인간관계는 늘 나에게 풀리지 않는 숙제이다. 그래서 인간관계에 대한 책도 주기적으로 읽으면서 나름대로 배우고 있다. 좋은 관계를 유지하기 위해 책의 내용을 적용하면서 노력하고 있다.

선천적으로 사람을 좋아하고 낯을 가리는 성격이 아니다 보니 어떤 모임에 가더라도 쉽게 사람과 친해진다. 상대방에게 내가 어떻게 보이는지 별로 들어본 적이 없다. 밉상은 아니니까 내치지는 않았을 거라 생각한다.

하지만 시간이 갈수록 그 사람과의 관계를 유지하는 게 어려웠다. 한번 인연을 맺은 사람들은 어떻게든 시간을 만들어 만나려고 노력했다. 모든 사람들에게 잘 보이고 싶었다. 그러다 보니 내 시간은 점점 줄어들고, 언제부터인가 모든 사람들의 부탁을 거절하지 못하는 나를 발견하게 되었다.

어떤 사람과 만나 친해지게 되면 나는 내가 가진 모든 것을 다 퍼주는 스타일이다. 솔직하게 나의 속마음까지 말하다 보니 쉽게 친해지지만, 지금 생각하면 그것이 오히려 나중에 나에게는 아킬레스건으로 작용했다. 이 점이 장점이자 단점으로 작용할 수 있다. 가끔 내가 정한 기준에서 아니다 싶으면 감정이 욱해져서 할 말은 하다 보니 듣는 상대방은 상처를 받기도 한다.

직장생활을 하면서 또는 자기계발 세계에 와서도 이런 일이 반복되다 보니 사람을 믿지 못하게 되었다. 또 스스로 도대체 무엇이 문제인지 고민하기 시작했다. 친하게 잘 지내다가 왜 항상 끝이 좋지 않았을까? 나의 어떤 점이 상대방에게 상처를 주었을까? 어떻게 해야 좋은 관계를 유지할 수 있을까? 등등에 대해서 혼자 있을 때마다 생각했다. 관계를 지속할지 끊을지 그것이 늘 문제가 되었다. 우유부단한 성격도 한몫했다.

내가 원인을 제공하여 잘못했더라도
맞지 않으면 나의 소중한 시간을 내어주지 않았다.
어차피 모든 사람을 다 만족시킬 순 없다.

2년 전, 2020년부터 단호하게 나와 맞지 않는 사람이라고 판단되면 더 이상 관계를 지속하지 않기로 결심했다. 내가 원인을 제공하여 잘못했더라도 맞지 않으면 나의 소중한 시간을 내어주지 않았다. 어차피 모든 사람을 다 만족시킬 순 없다. 그나마 나를 응원하고 지지해주는 사람들을 위해 또 그보다 중요한 나 자신을 위해서 내린 결단이다.

요새 유행하는 것이 '느슨한 연대'라고 한다. 실제로 도움을 주고받는 관계는 자주 보는 친한 친구보다 가끔 만나서 연락하는 사람들 사이에서 많이 일어난다. 나도 그렇다. 업무나 자기계발 세계에서 근래에 알게 된 사람들에게 알게 모르게 도움을 받았다. 그들에게 솔직한 나의 사생활을 말한 적은 없다. 서로에게 필요한 것만 취하면 터치할 일이 없다.

만나는 한 명의 지인이 이런 이야기를 했다.

"감정과 관계를 분리해봐요. 관계에서 소통하다 보면 감정이 개입됩니다. 그 사람이 좋거나 나쁘다고 느끼는 감정은 본인이 만드는 것이지요. 그 감정을 배제하면 상대방에 대해 좋고 나쁨을 판단하지 못해요. 그것만 잘해도 관계에서 힘들지 않을 거예요."

그 이야기를 듣고 나서 최대한 인간관계에서 내 감정을 분리하는 연습을 시작했다. 하지만 여전히 이성적인 판단보다 사람의 감성을 이해하는 것이 익숙한 나에게는 감정을 배제하기는 것이 어렵다. 그래도 좀 더 냉정한 판단을 하기 위해서는 감정을 분리하는 일은 필요하다.

많은 사람들이 인간관계 때문에 힘들어한다. 남편과 아내, 직장상사와 동료, 시부모님과 며느리, 처가어른과 사위, 부모와 자식 등 관계에서 오는 스트레스가 다른 것보다 심하다. 그 관계를 지속하느냐 끊느냐는 결국 나의 선택에 달려있다. 올해는 부디 누구와도 평화롭게 좋은 관계로 오래 만나고 싶다. 다시 데일 카네기의《인간관계론》을 정독해야겠다.

화내지 말란 말이야

"황의조 슛! 아깝습니다!! 으아아!"

"소리 좀 치지 마. 아빠 머리 아프다."

설날 밤 시리아와 월드컵 최종예선 축구 국가대표팀 경기가 있었다. 요새 축구에 부쩍 관심이 많아진 9살 둘째 아들이 소리친다. 한두 번 소리치면 좋을 텐데 선수들의 패스 하나 슛 하나에 일일이 반응하면서 고함을 친다. 옆에서 조용히 보고 있던 나는 그 큰소리에 귀와 머리가 아프다. 두세 번 조용히 했으면 좋겠다고 최대한 점잖게 타일러본다. 그래도 아랑곳하지 않고 계속 소리친다. 결국 참지 못하고 폭발했다.

"조용히 하라고! 좋게 이야기하면 말 안 들어?!"

안 그래도 가끔 욱하고 화를 내는 성향이라 올해는 최대한

참으려고 노력하는 중인데, 또 분노했다. 왜 이렇게 화를 참지 못하고 감정이 나오는 대로 반응하는지 그 원인을 한번 찾아보기로 했다.

우선 화를 내는 순간을 떠올려보면 늘 컨디션이 좋지 않았다. 몸이 피곤해서 예민해지면 특히 더 그랬다. 또 누군가와 이야기 하다 기분이 좋지 않으면 그 감정이 오래 유지된 것도 문제였다. 한마디로 요약하면 몸과 마음이 지치면 사람들의 분노게이지가 올라간다. 즉 여유가 없으니 사소한 것에도 예민하게 반응한다.

나도 회사생활, 독서와 글쓰기, 각종 강의, 집안일 등으로 하루 24시간과 일주일을 바쁘게 지낸다. 또 원래 가만히 앉아서 쉬면 불안해지는 타입이다 보니 무엇인가 일을 계속 궁리하고 벌이는 편이다. 우선순위를 정해 하나씩 해결해 나가지만, 나도 사람인지라 스케줄이 꼬일 때가 있다. 꼭 그런 날 가족들에게 화를 낸 적이 많다. 화풀이 대상도 아니고 그러지 말아야지 하면서도 아내와 아이들에게 미안하다.

학창시절부터 이런 화를 잘 참지 못했다. 상대방을 잘 배려하다가도 내 기준과 맞지 않거나 선을 넘었다고 판단되면 가차없이 참지 못하고 할 말을 했다. 그러다 보니 좋게 생각하던 사람들로부터 싸가지가 없다, 예의가 없다는 등의 말을 듣기도 했다. 아마 여전히 인간관계가 어려운 데는 이런 나의 단점도 한몫했다. 그러나 나이가 들면서 이런 갑작스런 분노를 조절하지 못하면 큰일날 것 같았다.

얼마전 돌아가신 틱낫한 스님의 《화》란 책을 다시 읽고 있다. 또 여러 분노조절에 대한 강의 영상도 보고 있다. 이것을 통해 요새 내가 분노조절을 위해 선택한 방법은 세 가지이다. 우선 이 방법을 쓰기 전에 전제 조건은 '내가 화가 났구나!'라는 감정을 우선 알아차리는 것이다.

그 감정을 알아차린 후 첫 번째 방법은 바로 글쓰기였다. 화가 난다고 생각되면 종이 한 장을 꺼내거나 노트북을 켜고 한글창을 열었다. 지금 나의 감정이 어떤지 솔직하게 생각나는 대로 썼다. 그렇게 쓰고 나면 조금 감정이 가라앉는 나를 발견한다.

두 번째는 동네 한 바퀴를 무작정 걷는 것이다. 분노가 치밀어 오른다고 느끼면 무작정 집 밖으로 나가 뒷산이나 시내 한 바퀴를 걸었다. 30분~1시간 정도를 걷다보면 화가 좀 가라 않는다. 또 무엇 때문에 화를 냈는지 객관적인 원인을 알 수 있게 된다.

세 번째는 그냥 있는 그 자리에서 눈을 감고 심호흡을 한다. 명상까진 아니지만 화가 났다고 생각되면 눈을 감고 3-3-3 법칙을 쓴다. 3초 숨을 들이쉬고 3초 숨을 참았다가 3초 정도 내뱉는다. 그것을 10회 정도 하면 분노가 조금 사그라든다.

어제는 그냥 늦어서 세 번째 방법을 쓰다가 잠이 들었다. 축구는 우리나라의 2:0 승으로 끝났다고 아침 뉴스를 통해 확인했다. 여전히 불완전한 사람인지라 화를 안 낼 수 없겠지만 최대한 분노하지 않도록 더 노력해야겠다.

세상이 먹고 살기가 팍팍해지다보니 점점 사람들의 분노가 커지고 있다. 분노는 인생을 사는 데 썩 도움이 되지 않는다. 화가 많다고 느끼는 사람들이 있다면 위 세 가지 방법으로 한번 줄여보길 추천한다. 올해는 분노보다 미소를 더 지을 수 있는 나로 살길 기원한다.

"아빠! 화내지 말란 말이야."

인간관계를 오래 유지하는 방법

올초까지 활발하게 모임과 행사를 이끌다가 한동안 보이지 않던 지인의 안부가 궁금하여 며칠 전 전화를 했다. 오랜만의 통화였다. 목소리를 들으니 반가웠다. 근황을 묻기 시작하면서 이런저런 이야기를 한참 나누었다. 몇 달 동안 보이지 않아 걱정했다는 나의 질문에 그는 이렇게 대답했다.

"그냥 좀 쉬고 싶더라구. 사람에게 너무 시달리고 치여서 마음의 상처를 많이 입었어. 나는 안 그럴 줄 알았는데, 역시 인간관계가 제일 어렵더라구. 잘될 때는 다 좋아보이는데, 안 될 때는 또 언제 그랬냐는 듯이 다 떠나가더라구. 자기계발이란 명목으로 모였지만 역시 모래알 같아. 그냥 내가 그 사람들을 너무 내 사람처럼 믿었던 게 죄지."

그의 울먹이는 목소리를 들으면서 공감했다. 많은 생각이 스치고 지나간다. 자기계발 세계로 입문한 지 7년째 되어간다. 새로운 사람을 만나 인연을 맺고 친해지는 게 너무 좋았다. 그 사람들과 다 친해지고 싶었다. 하지만 그건 내 착각이었다.

어린 시절부터 남에게 먼저 맞추고 배려하는 성향이었다. 쉽게 친해지고 너무 가까워지다 보니 문제가 생겼다. 나는 상대방을 위해 최선을 다하는데 상대방이 나에게 그렇지 못하니까 서운했다. 또 바라는 것도 많아졌다. 관계의 거리나 너무 가까워져 감정도 깊숙이 개입되다 보니 작은 일에도 민감하게 반응하는 경우가 생겼다.

그런 일이 한두 번 계속되자 서로 마음의 상처를 받게 되고, 오해가 생기기 시작했다. 결국 쉽게 친해졌지만 끝나는 속도도 LTE 급이다. 처음 만나는 사람들에게 호감은 잘 이끌어내지만, 관계를 오랫동안 유지하지 못하는 이런 단점을 고쳐보고 싶었다.

상대방이 힘들다고 해서 어쭙잖은 위로를 하는 것보다 아무 말없이 지켜봐 주는 것이 현명하다. 나도 아내, 지인이나 친구들이 힘들다는 이야기를 하면 무조건 "힘내라!", "다 잘될 거다"라고 먼저 이야기를 꺼냈다. 내 입장에서 최선의 위로를 했다고 생각했지만, 듣는 사람에게 영혼 없이 말한다고 오히려 욕만 먹었다.

이제 어떤 사람을 만나면 예전처럼 먼저 나서서 친해지는 노력을 덜한다. 정말 친해지고 싶은 사람이라 생각하면 시간을 두고 연락하면서 지켜보는 편이다. 인간관계를 오랫동안 유지하고 싶다면 가장 필요한 것이 바로 '서로간의 적당한 거리'라고 생각한다. 친하다고 생각해서 상대방의 감정을 고려하지 않고 너무 깊숙이 개입하면 오히려 더 멀어진다.

현대사회에서 관계를 오래 유지하는 방법은 너무 깊거나 얕지도 않게 적당하게 상대방과의 거리를 유지하면서 밸런스를 맞추는 것이다. 우선 내 자신이 소중하고 존중받아야 할 존재라고 여기며 사랑하는 것을 전제로 말이다.

혼자서 조용히 지내려고 했지만, 사람을 좋아하는 성향은 바꿀 수 없는 듯하다. 또 여러 사람들과 단톡방이나 커뮤니티가 늘어나고 있다. 이번만큼은 적당히 주고 받으면서 거리를 잘 유지하여 많은 사람들과 오래 만나고 싶다. 여전히 나에게 관계는 어렵다.

인상과 말투 좀 바꿔봐!

"좀 웃어봐. 인상이 맨날 굳어 있는데 뭐 안 좋은 일 있어?"

"아니요. 그냥 가만히 있는데 왜 그러세요?"

"말투는 또 왜 그래?"

"제 말투가 어때서요. 그냥 좀 내버려 두세요."

"말투도 좀 부드럽게 바꾸어봐."

많이 바뀌었다고 생각했는데도 가끔 선배, 지인들에게 인상과 말투로 지적을 받을 때가 있다. 개발사업 인허가를 직접 진행하는 일로 사회생활을 시작했다. 어떤 부동산 개발사업을 진행하기 위해서는 가장 먼저 개발가능한 땅을 검토한다.

개발이 가능하면 실제 공사하기 위해서는 먼저 지자체에 인허가를 득해야 한다. 땅에 대한 인허가 도서를 작성 후 접수

한다. 그 인허가 도서를 검토하고 지자체 관련부서 협의, 도시계획위원회 심의를 거쳐 인허가를 득하면 내가 하는 일은 끝난다. 하지만 인허가를 득하기까지의 과정이 참 힘들다.

다 그런 것은 아니지만 지자체 공무원과 발주처의 갑질, 언제 끝날지 모르는 과도한 업무량, 그 업무를 처리하기 위해 계속되는 야근과 철야 근무, 일에 비해 턱없이 부족한 월급, 그마저도 임금체불이 되는 현상 등을 겪으며 엄청난 스트레스에 시달렸다.

철저한 을의 입장에서 사람에게 맞추는 것에 길들어지다 보니 나도 모르게 인상이 굳어졌다. 늘 입에서는 욕까지 아니지만 부정적인 말을 달고 살았다. 그렇게 약 11년 정도를 일했더니 웃을 일이 거의 없었다. 바쁜 일상에 어쩌다 친구나 지인을 만나면 왜 그리 얼굴이 어둡냐는 말을 많이 들었다. 그것이 계속 버릇이 되다 보니 지금까지도 쉽게 고쳐지지 않는 부분도 있다.

몇 달 전 장이지 대표님 브랜딩포유 플랫폼에서 말투로 유명한 김주하 대표의 강의를 들었다. 강의 내내 웃으면서 인상 좋게 부드러운 말투로 강의를 하는 모습이 인상적이었다. 어떻게 저렇게 긴 시간 동안 흔들림없이 유지할 수 있을지 궁금했다. 강의 내용도 말투를 바꾸면 매출과 인생이 달라진다는 것이었는데, 듣고 나서 참 많은 생각이 들었다.

노예해방으로 유명한 미국의 링컨 대통령은 "나이 마흔이 넘으면 자신의 얼굴에 책임을 져야 한다"라는 말을 남겼다. 그만큼 인상과 말투의 중요성을 강조한 구절이다. 어른이 되어 인생의 쓴맛을 느끼게 되면 인상 자체가 굳어진다. 기분도 좋아야 밝은 인상이 만들어지는데, 계속되는 스트레스에 나는 그렇지 못했다. 인상이나 표정은 한번 굳어지면 다시 되돌리기 쉽지 않다고 한다.

말투도 마찬가지다. 나도 모르게 무의식적으로 부정적인 단어를 내뱉으면 정말 그 일이 잘 되지 않는 경우를 많이 경험했다. 의식적으로 말투도 긍정적이고 나에게 도움이 되는 쪽으로 사용해야 도움이 된다는 것을 책이나 강의를 통해 많이 깨달았다.

인상과 말투를 바꾸어야 인생이 잘 풀린다는 이야기를 많이 들었다. 원래 가지고 있는 성향과 지금까지 살아온 환경이 더해진 나의 인상은 여전히 좋은 편이 아니다. 예민한 성격이다 보니 가끔 말투가 거칠어지기도 한다. 인상을 좋게 하기 위해서는 일단 웃는 표정을 짓는다. 상대방에게 밝게 인사한다. 여기에 말투도 긍정적이고 부드럽게 "안녕하세요?"라고 하면 금상첨화다.

올해는 인상과 말투를 바꾸는 것도 나에겐 큰 목표이다. 매일 인상쓰고 나쁜 말을 일삼다 보니 관계에도 문제가 생겼다. 가끔 하는 일이 꼬이기도 했다. 이젠 나이도 있으니 좀 더 마음가짐을 새롭게 하여 좋은 인상과 긍정적인 말투를 장착해야겠다. 현재 자신의 인생이 꼬였다고 느끼는 사람이 있다면 자신의 인상과 말투를 점검해보면 어떨까? 인상과 말투만 좀 바뀌어도 사람 달라졌다는 소리 금방 들을 수 있다.

5부

마흔
지금 이 순간을
사랑하자

인생에 어떤 발자취를 남기고 싶으세요?

아침마다 만나는 "따뜻한 하루"의 "따뜻한 감성편지"에서 오늘 소개한 내용은 다음과 같다. 밀렵군에 의해 멸종 위기에 처한 코뿔소를 지키기 위해 동물단체에서 그들의 발자국을 관찰하기 시작했다. 관찰 결과 흥미로운 점을 발견했다. 코뿔소도 사람의 지문과 같아서 건강 유무, 이동 상태 등을 체크할 수 있다는 점이다. 코뿔소의 발자국 한 걸음 한 걸음이 모여 발자취가 된다. 그 발자취를 따라 전반적인 상태를 단체에서 파악하여 밀렵꾼으로부터 지킨다고 한다.

발자취의 의미를 사전에서 찾아보니 다음과 같다.

"발로 밟고 지나갈 때 남는 흔적. 지나온 과거의 여정을 비유적으로 이르는 말"

쉽게 이야기하면 내가 걸어가면 뒤에 남는 발자국, 인생에서 보면 지나온 과거의 흔적을 말한다고 보면 된다. 이처럼 코뿔소뿐만 아니라 이 세상에 살고 있는 동물들도 자신의 발자취를 남기면서 살아가고 있다.

동물에 포함된 인간도 각자의 인생 속에서 자신만의 발자국을 하나씩 남긴다. 그 발자국은 오늘 내가 누구를 만나 어떤 이야기를 했는지, 무슨 일을 했는지 등이 포함된다. 그 발자국이 모여 발자취가 된다. 그 발자취를 통해 한 사람의 현재 인생이 만들어진다.

이 세상은 다양한 사람들이 살고 있기 때문에 그들이 남기는 발자취도 다르다. 박지성이나 김연아처럼 스포츠 분야에서 독보적인 흔적을 남기기도 한다. 연예인이나 유명인사들은 자신의 분야에서 열심히 노력하여 다른 사람들이 흉내낼 수 없는 자신만의 발자취를 만든다. 그 외에 대다수 사람들은 조용히 자신의 할 일을 수행하면서 그들만의 발자취를 남기고 있다. 나도 독서와 글쓰기를 만나기 전까지 조용히 내가 맡은 일만 하면서 한 걸음 한 걸음 걸어왔다.

인생의 큰 고난을 겪은 후 다시 살기 위해 책을 읽고 글을

5줄 이상 쓰지 못했던 내가
첫 책을 출간하기까지 수없이 도전하고 실패했다.
포기하고 싶은 순간도 참 많았다.
하지만 내 꿈을 이루기 위해 단 하루도
그냥 보내지 않았다는 것만 말하고 싶었다.

쓰기 시작했다. 매일 읽고 쓰다 보니 10년 전의 나처럼 인생이 힘들고 지친 사람들을 도와주고 싶은 마음이 생겼다. 그 첫 발걸음으로 시작했던 것이 첫 책《모멘텀》의 출간이었다. 출간작가가 되어 내가 쓴 글과 책을 인생이 힘든 후배들이 읽고 힘을 냈으면 하는 바람에서 시작한 일이었다.

5줄 이상의 글을 쓰지 못했던 내가 생애 처음으로 간절하게 가졌던 꿈이 작가가 되는 것이라 매일 닥치고 썼다. 그렇게 지금까지 한 걸음씩 모여 나만의 발자취를 만들어 가는 중이다. 30대 후반만 하더라도 내가 누군가에게 읽고 쓰는 삶을 전파하면서 살아가리라고 전혀 예상하지 못했다.

첫 책《모멘텀》의 뒷표지에도 적었던 한 구절이 있다. 영국의 극작가 버나드 쇼의 "삶이란 자신을 찾는 것이 아니라 자신을 창조하는 과정"이란 말이다. 지금까지 세상이 맞추어 놓은 기준에 맞추어 묵묵히 잘 살아왔더라도 앞으로는 나만의 모멘텀을 찾아 멋진 발자취를 남겨보는 것은 어떨까? 그 발자취가 당신을 더 근사하게 만들지 모른다. 오늘도 나는 글을 쓰면서 나만의 발자취를 남겨본다.

하루도
그냥 보내지 말자

2022년 3월 마지막주 토요일부터 4주 동안 갤러리아 백화점 광교점에서 글쓰기 특강을 진행했다. 오랜만에 하는 오프라인 강의라서 많이 긴장되었다. 기존 강의안에 새로운 내용을 더 추가하여 4주간 프로그램으로 틈틈이 시간 내서 정리했다. 다행히 첫 주부터 같이 하신 분들이 잘 호응해 주어서 끝까지 마칠 수 있었다. 토요일 오후라 차가 많이 막힐 것 같아서 대중교통을 이용했는데도 집에서 광교까지 왕복 4시간이 걸렸다. 그 시간을 이용해서 여러 유튜브 강의와 책을 틈틈이 봤다.

어제 봤던 영상 하나가 발레리나 강수진의 인터뷰였다. 세계적인 발레리나로 이름을 떨친 유명인사다. 역시 성공한 사람들의 인터뷰를 들어보면 자신의 목표를 이루기 위해 얼마나 피나는 노력을 했는지 느낄 수 있다. 역시 강수진 발레리나도 별반 다르지 않았다. 열정이 식을 때마다 이들의 인터뷰를 보면서 동기부여를 얻는다. 그녀의 인터뷰 기사 내용 중에 인상 깊은 구절이 있어서 메모했다. 그 구절을 소개해 보면 아래와 같다.

> "사람들은 내가 발레를 하기 위해 태어난 몸이라고 말한다. 하지만 당신이 나와 같은 하루를 보내기 전에는 나에 대한 판단을 하지 않기를 바란다. 그대는 편안하게 길을 걸으며 풍경을 감상할 때 나는 발가락으로 온몸을 지탱하며 목숨을 걸고 전쟁처럼 하루를 보냈다. 발레를 하기 위해 태어난 몸은 없다. 하루도 그냥 보내지 않는 치열한 인생이 있을 뿐."

강수진 그녀도 발레를 처음부터 잘하질 않았다. 물론 어린 시절부터 자신의 재능을 일찍 발견하고 발레가 자신의 길이라고 생각했을 것이다. 그러나 위에서 말한 내용처럼 그녀는 하루를 그냥 허투루 보내지 않고 지독하게 노력했다. 최고의 위치에 올라간 모습만 보고 사람들은 이미 태어날 때부터 발레를 잘한다고 생각했을 것이다. 대부분의 사람들은 성공한 사람들을 보면 그 결과만 보지 그 자리까지 가기 위해 노력했던 과정에 대해서는 신경쓰지 않는다.

나도 마찬가지다. 여전히 부족한 사람이지만 7년 동안 책을 읽고 글을 쓰면서 12권의 종이책과 3권의 전자책을 출간했다. 비록 잘 나가는 작가들의 판매량에 비해서는 미미하지만 나름대로 성과를 낸 것에 대해 스스로 뿌듯하게 여기고 있다. 내 블로그나 책을 보는 사람들 중 몇몇 분들은 여전히 부족한 글이지만 잘 읽고 있다는 댓글을 달거나 응원의 메시지를 보내준다. 그것을 볼 때마다 힘이 나고 참 감사하다.

비교할 대상은 아니지만 강수진 발레리나에게 발레가 전부였던 것처럼 나도 독서와 글쓰기에만큼은 진심이었다. 아무리 바빠도 매일 한 페이지를 읽고 한 줄씩 적었다. 머리가 아프고 온몸이 피곤해도 그 두 가지는 매일 실행했다. 국문학도도 아닌 내가 작가가 되고 싶은 일념 하에 하루도 그냥 보내지 않기 위해 나름대로 치열하게 노력했다. 5줄 이상 쓰지 못했던 내가 첫 책을 출간하기까지 수없이 도전하고 실패했다. 포기하고 싶은 순간도 참 많았다. 하지만 내 꿈을 이루기 위해 단 하루도 그냥 보내지 않았다는 것만 말하고 싶었다.

이 글을 읽는 사람 중에 아직도 그리 대단한 작가도 아니면서 무슨 노력을 했냐고 폄하하는 사람이 있어도 좋다. 하지만 독서와 글쓰기 만큼은 누가 뭐라해도 지금까지 인생을 바꾸기 위해서 목숨을 걸었던 나의 유일한 도구였다.

자신이 되고 싶고 하고 싶고 갖고 싶은 목표가 있다면 오늘이 하루도 그냥 넘기지 말자. 그 목표를 향해 내 진심을 다해 조금이라도 노력하자. 강수진 발레리나처럼 하루종일 처절한 정도는 아니더라도 적어도 그 정도의 노력은 해야 자신이 원하는 목표를 달성할 수 있다. 다른 사람들이 편안하게 길을 걸으면서 따뜻한 봄 풍경을 감상할 때 오늘도 나의 글을 써본다.

누군가의 씨앗을 깨우는 일도 중요하다

2009년 가을 신혼여행으로 하와이를 다녀왔다. 참으로 아름다운 섬이다. 그 하와이 섬 중에 영화 "쥬라기 공원"으로 유명한 곳이 있다. 바로 카우아이 섬이 그곳이다. 이 섬은 1900년대 중반 한때 지옥으로 이름을 날렸다. 진짜 지옥이 따로 없을 정도로 섬에 살고 있는 대다수의 주민이 범죄자, 알콜중독자 등이었다.

당연히 환경이 나쁠 수밖에 없다. 그런 곳에서 태어난 아이들의 미래는 불을 보듯이 뻔하다. 나를 포함한 많은 사람들이 당연히 그런 환경에서 자란 아이들은 자신의 부모에게 보고 배운 것이 똑같을 것이라 예상했다. 배우지 못하고 삐뚤어져 깡패, 건달, 범죄자, 알콜이나 마약에 중독된 사람의 삶을 산다고 생각했다. 이런 선입견을 검증하기 위해 한 미국의 심리학자가 그 섬에 살고 있는 200명의 아이들에 대한 성장과정을 연구했다.

그런데 예상과는 달리 결과는 뜻밖이었다. 아이들 중 1/3은 좋은 환경에서 자란 아이들보다 인성과 성취 측면에서 탁월했다. 그 이유는 하나였다. 불우한 환경에서도 아이를 믿어준 사람이 최소한 한 명은 있었다. 그 사람이 아빠, 엄마, 삼촌, 이모, 고모, 할아버지, 할머니 등 상관없다. 자신을 응원하는 한 사람의 격려가 아이가 가지고 있는 씨앗을 깨웠다. 그 씨앗이 잘 자랄 수 있도록 한결같이 지켜준 것이 오히려 아이의 성장에 도움이 된 것이다.

대학에 입학했던 1997년에는 한 탈주범이 세상의 이슈였다. 2년 넘게 도망치다가 결국 잡혔다. 왜 지금까지 이렇게 나쁜 짓을 일삼고 도망쳤는지 묻는 기자의 질문에 그는 이렇게 대답했다.

"내가 어린 시절에 누가 단 한 번이라도 "너는 착한 사람이야"라고 이야기 했다면 이렇게 되지 않았을 것 같습니다."

담담하게 말하는 그의 말투가 아직도 기억에 선하다. 카우

아이 섬의 아이들처럼 신창원에게도 어느 한 명의 응원과 격려가 있었다면 범죄자가 되지 않았을지 모른다. 그가 가진 씨앗은 나쁜 꽃이 되어 향기가 아니라 악취를 풍겼다.

지금은 중단했지만 몇 년 전 고아원 봉사를 갔다가 알게 되어 후원했던 한 아이가 있다. 현재 대학을 다니고 있다. 돈으로 후원한 건 아니다. 독서를 좋아했던 아이라 그에게 나의 인생을 바꾼 책 몇 권을 보육원에 갈 때마다 전달했다. 그 책을 몇 번이고 자신의 것으로 만든 그는 현재 철학을 전공하고 있다.

얼마 전에도 연락이 와서 지금 이렇게 공부할 수 있게 된 것도 내 덕분이라는 한 마디에 큰 힘이 되었다. 나는 그가 가진 씨앗을 깨우기 위해 책만 전달했다. 알아서 자신의 씨앗을 거대한 향기가 나는 꽃으로 만들어간 그 아이가 참 자랑스럽다.

주변에 도움이 필요한 사람들이 분명히 있다. 나이가 적든 많든 상관없이 그들은 자신이 지금 가진 씨앗이 무엇인지 모를 것이다. 당신이 던진 격려와 응원의 한마디로 그들의 잠든 씨앗을 깨워주자. 그리고 당신이 가진 지식과 경험을 알려주고 꽃을 피울 수 있도록 도와주자. 그들이 꽃을 피웠을 때 그 선한 향기가 온 세상을 돌아다니며 또 다른 씨앗을 깨우는 선물이 될지도 모르니까. 나도 더 많은 사람들에게 읽고 쓰는 삶을 전파하며 그들의 씨앗을 깨울 것이다.

상실은 새로운 기회다

“천천히 목을 옥죄어오듯 나의 귀는 시간이 지날수록 점점 들리지 않게 되었다.”

30대 초반의 젊은 음악가는 피아니스트이자 작곡가로 오스트리아에서 이름을 날리게 되었다. 하지만 그에게 어둠의 그림자가 몰려왔다. 귀가 점점 안 들리게 된 것이다. 들을 수 있어야 유지가 되는 직업이 음악가다. 그런데 더 이상 음악을 들을 수 없으면 피아노를 칠 수 없다. 작곡은 언감생심이다. 그는 더 이상 사람을 만나지 않게 되었고, 말수가 적어졌다. 절망에 빠진 그는 유서까지 쓰게 된다. 위 내용이 유서의 일부이다. 청력을 상실한 것이다.

하지만 그는 유서를 쓰다가 이렇게 죽을 수 없다고 생각했다. 자신의 음악적 재능을 다 펼치고 나서 이 세상을 떠나겠다고 다짐했다. 자기가 하는 음악 자체로 이 세상의 모든 사람들에게 희망을 주겠다고 결심한 것이다. 그에게 청력의 상실은 오히려 제대로 된 음악을 만들게 된 새로운 기회가 되었다. 그가 바로 베토벤이다.

나는 10년 전 2월 인생에서 가장 큰 시련을 맞았다. 해고를 당했다. 8년차 직장인이 네 번째 회사를 그만두게 된 것이다. 무엇이 문제였을까? 나름대로 열심히 살았다고 자부했지만, 그것은 내 착오였다. 문제가 생기면 불평불만만 터뜨리며 도망치기 바빴다. 남 탓 세상 탓만 했다. 열등감에 빠져 잘된 타인과 비교했다.

나 자신이 세상에서 가장 불쌍하고 힘든 존재라 여겼다. 마음이 부정적인 감정으로 가득찼다. 저렇게 많은 건물이 있는데, 내가 일할 사무실과 살고 있는 집 한 칸 없다는 사실에 절망했다. 세상에 분노했다. 지금까지 쌓아온 많은 것을 잃어버렸다. 사람도 만나지 않고 칩거했다. 더 이상 살고 싶지 않았다. 하지만 나도 베토벤처럼 상황은 다르지만 이렇게 세상을 떠난다면 너무 허무할 듯 싶었다.

다시 살고 싶어 시작한 것이 독서와 글쓰기였다. 더 이상 꿈이 없고 위기라고 생각했던 나에게 그 두 가지가 새로운 기회가 되었다. 읽고 쓰는 삶을 조금씩 매일 영위하다 보니 또 다른 문이 열렸다.

누구나 인생에 한 번쯤 시련은 찾아온다. 어려움이 생기면 지치고 좌절하기도 한다. 지금까지 잘 살아오고 쌓아놓은 것들이 무너진다. 얻는 것보다 잃는 것이 더 많아진다. 더 이상 삶의 의미를 찾지 못해 방황하다가 최악의 경우에는 세상을 떠날 생각도 하게 된다. 더 이상 떨어질 바닥도 없다. 그 상실감은 참 크다.

하지만 더 이상 잃을 것이 없을 때 새로운 기회가 찾아온다. 마음을 고쳐먹고 다시 한 번 힘을 내면 된다. 아직 이 세상에 할 일이 많이 남아있다고 생각하자. 나도 그랬다. 독서와 글쓰기가 아니었다면 영원히 내 사명을 찾지 못했을 것이다. 생존을 위해 시작했던 그 두 가지가 나에게 새로운 생명을 준 셈이다.

지금 힘든 당신, 무엇인가를 잃어버렸다고 절망하지 말자.

지금 힘든 당신,
무엇인가를 잃어버렸다고 절망하지 말자.
이제 그 좌절하고 실망했던 시간은 잊어버리자.
단 그 안에서 배운 교훈과 다짐은 잊지 말자.

이제 그 좌절하고 실망했던 시간은 잊어버리자. 단 그 안에서 배운 교훈과 다짐은 잊지 말자. 당신이 잃어버렸다고 한 그 시간을 다른 근사한 무엇인가가 분명히 채워줄 것이다. 상실은 새로운 기회다.

내 삶을 사랑하자

회사에서 점심을 먹고 잠시 쉬는 중이었다. 오랜만에 죽마고우에게 문자가 왔다. 반가운 마음에 메시지를 확인했는데, 깜짝 놀랐다. 부음 소식이었다. 늦게 결혼한 초등학교 동창의 남편이 하늘나라로 갔다는 내용이었다. 동창의 남편은 나와 동갑이다. 아직 살 날이 많이 남았는데, 40대 중반의 나이에 이 세상을 떴다는 사실이 믿기지가 않았다.

할 일은 많은데 일이 손에 잡히지 않았다. 장례식장에 가려고 했지만 일이 있어 장례식장에 가는 다른 친구에게 부의금이라도 전달했다. 동창에게 조심스럽게 문자를 보냈다. 그 누구보다 상심이 크고 슬퍼할 친구에게 어떤 위로를 할 수 있을까? 잊지 않고 연락주어서 고맙다고 담담하게 보내는 그녀의 답장을 보니 더 마음이 아팠다. 인생의 허무함을 또 느꼈다. 무엇을 위해서 나는 이렇게 아등바등 살고 있는지 스스로에게 물었다.

퇴근을 하면서도 마음이 착잡했다. 여전히 죽음은 나와 멀리 있다고 생각했는데, 나이가 들면서 점점 가까워지는 사실이 두려워진다. 한 치 앞도 모르는 것이 인생사라고 하는데, 이제는 그 말에 공감한다. 내일 당장 사고가 나거나 쓰러져서 이 세상을 떠날 가능성도 충분히 존재한다.

2030 시절은 남 탓 세상 탓만 했다. 돈을 잘 벌고 좋은 직장에 다니는 친구들이 부러웠다. 그들처럼 되지 못한 나 자신을 원망했다. 야근을 하면서 엄청난 양의 일을 했지만, 그에 합당한 돈을 받지 못했다. 그 월급마저 몇 달 밀렸다. 이렇게 살고 있는 나 자신이 한심스러웠다. 10년 전 해고를 당하고 나서 살고 싶지 않다는 생각까지 들었다. 그러나 남아 있는 가족이 있고, 이렇게 허무하게 내 삶을 포기하고 싶지 않았다. 다시 한 번 힘을 내어 지금까지 달려왔다.

내 인생이 앞으로 얼마나 남아있을지 모른다. 앞으로 남은 삶을 사랑하기로 했다. 읽고 쓰는 삶을 영위하면서 타인에게도 같이 나누어 주고 싶은 목표가 생겼다. 지난주 진주, 창원과 영덕에서 각기 다른 지역에 있는 사람들에게 읽고 쓰는 삶에 대해 알려주었다. 그들 앞에 서서 내가 가진 지식과 경험을 나누어주는 순간에 참 행복했다. 힘든 시기에 나도 삶을 포기하지 않았기에 가능했던 일이다. 그 시기에 잘해주지 못한 가족에게 늘 미안하다.

죽음의 끝에서 사투를 벌이고 있는 사람들은 하루라도 더 살고 싶다는 것 자체가 소원일 것이다. 건강하게 나의 일터에서 일을 하고, 나의 집에서 가족들과 함께하며, 좋아하는 지인들과 이야기를 나눌 수 있음에 감사해야겠다. 지금 자신의 삶이 힘든 사람이 있다면 다시 한 번 힘을 내자. 아프지 않고 건강하게 살아있는 것만으로도 감사한 일이다. 비록 현실은 힘들지만 자신을 위해서라도 내 삶 자체를 사랑하자. 나 자신만이 내 인생을 소중하게 지킬 수 있다.

살면서 나를 배신하지 않는 것들

나의 2030 시절을 돌아보면 항상 사람과 함께였다. 외로움을 많이 타는 성격이라 매일 사람을 찾아다녔다. 야근이 없는 날은 휴대폰에 있는 목록을 보고 누구와 만날지 약속을 잡기 바빴다. 선배나 친구 할 것 없이 언제든지 시간 되는 사람이라면 서울 어디에서라도 만났다. 술 한잔 하면서 스트레스를 풀었다. 선천적으로 사람을 좋아했다.

친구나 지인이 고민이 있다고 하면 해결하기 위해 발벗고 나섰다. 이별했다고 하면 소개팅을 시켜주고, 일자리가 필요하면 인맥을 통해 연결해 주기도 했다. 아무리 바쁘더라도 내가 좋아하고 믿는 사람이라고 생각하면 시간 내서 도와주었다. 그렇게 그들이 잘되는 모습을 보면 나도 기쁘고 뿌듯했다.

10년 전 인생의 나락으로 떨어졌다. 그래도 지금까지 내가 도와준 사람들에게 손을 내밀면 금방 회복될 줄 알았다. 인생의 법칙은 주고 받는 것이 기본이라 여겼다. 그들에게 전화를 걸었지만, 받는 사람은 아무도 없었다. 대부분 자신이 필요할 때만 찾았다. 지금은 이용가치가 없어지니 가차없이 버려진 것이다.

참으로 서글펐다. 발벗고 사람을 도와준 나 자신이 참 바보 같았다. 그들이 나를 배신한 것은 아니지만, 이미 내 마음 깊숙한 곳에서는 배신자라고 소리쳤다. 더 이상 아무도 믿을 수 없었다. 사람을 다시 만나는 게 두려웠다. 어둠 깊숙이 떨어진 나를 구해준 것은 독서와 글쓰기였다.

그때부터 서점과 도서관에서 혼자 책을 읽으면서 앞으로 어떻게 살아야 할지 고민했다. 더 이상 나약해지지 말자고 다짐했다. 책에서 나온 구절을 읽고 정리하면서 하나씩 적용했다. 읽고 쓰는 삶을 통해 무너졌던 자신감도 되찾았다. 앞으로 무슨 일이 있어도 나 자신만 믿기로 했다. 지금까지 살면서 나를 배신하지 않은 것들은 바로 내가 쌓아온 지식과 경험이었다.

맞다. 내가 실력과 힘이 없었기에 인생이 무너졌고, 사람들이 나를 무시했다고 판단했다. 실력을 키우는 것이 먼저라고 생각했다. 독서와 글쓰기 덕분에 다시 일어설 수 있었다. 이제는 그 누구도 믿지 않는다. 내가 보고 듣고 직접 경험한 것이 아니라면 쉽게 판단하지 않는다. 그것만이 앞으로도 나를 배신하지 않을 것이라 믿기 때문이다.

인간관계에 상처 받고 마음 아파하지 말자. 지금 내 곁에 있는 사람들이 영원할 것이라고 믿지 말자. 지금까지 살면서 가장 많이 배신당한 것은 사람으로부터였다. 물론 나도 상대방에게 그런 느낌을 주었다면 반성한다. 이젠 앞으로 살면서 배신하지 않는 것들을 찾자. 절대 배신하지 않는 나만의 무기를 만들자. 그 무기를 위해 오늘도 실력을 갈고 닦는 데 시간을 투자하자. 그것만이 이 불안하고 혼란한 시대에 살아남을 수 있는 유일한 방법이다.

인간관계에 상처 받고
마음 아파하지 말자.
지금 내 곁에 있는 사람들이
영원할 것이라고 믿지 말자.

자신의 껍질을 깨자

아침마다 "따뜻한 하루"의 "따뜻한 감성편지"에서 오는 좋은 글로 시작한다. 어제는 바닷가재의 이야기가 언급되었다. 내용을 잠깐 소개해 보면 바닷가재는 5년간 자라면서 무려 25번의 허물을 벗는 과정을 거친다고 한다. 또 다 자라더라도 1년에 한번씩 껍질을 벗는다. 이 껍질이나 허물을 벗는 과정을 '탈피'라고 한다. 동물이지만 껍질을 벗는 순간만큼은 고통스럽고 아플 것이다.

한 마리의 나비가 태어나기 위해서도 번데기는 고통스러운 탈피 과정을 거쳐야 한다. 번데기가 되기 전에도 애벌레는 수많은 난관을 거치며 나무 꼭대기를 향해 기어 올라간다. 이처럼 탈피를 거친 나비는 하늘을 향해 자신의 날개를 펼친다.

2030 시절의 나는 문제가 생기면 도망쳤다. 과감하게 앞으로 해결하며 나아가면 되는데, 그렇지 못했다. 임금체불 등의 외부적인 요인도 있었지만, 힘든 업무에 대한 스트레스가 많았다. 조금만 힘들면 회사를 옮겨 다녔다. 힘들어도 인생의 내공을 쌓으면서 껍질을 깨야 했지만, 껍질 안으로 숨기 바빴다. 그렇다 보니 인생을 헤쳐나가는 힘을 기를 수 없었다. 성격이 급하고 인내심이 부족한 내 성격 탓도 크다.

또 인생을 어떻게 살아야 할지 나만의 방향성이 없었다. 그저 세상이 정해놓은 기준대로 살았다. 대학을 졸업하고 직장에 다니면서 승진해서 빨리 자리잡는 것만이 유일한 인생의 목표였다. 내가 원하는 것이 무엇인지 잘 몰랐다.

그저 일하고 퇴근하면 술을 마시는 일상의 반복이었다. 방향과 목표가 없다보니 인생의 껍질을 깨야 한다는 생각조차 하지 못했다. 그렇게 살다가 딱 10년 전 2012년 2월 인생의 나락으로 떨어졌다. 껍질을 깨고 나오지 못했기 때문에 일어난 일이었다.

몇 달동안 지독한 방황을 겪었다. 심한 우울증과 무기력증이 찾아왔다. 인생을 포기하고 싶었다. 그러나 가족 아니 나 자신을 위해서 어떻게든 다시 살아보고 싶은 충동이 느껴졌다. 책을 읽고 글을 썼다. 지금까지 갇혀 있던 내 껍질을 벗기 위해서. 독서와 글쓰기를 통해 나는 비로소 껍질을 조금씩 깰 수 있게 되었다.

참으로 좋아했던 가수 신해철이 만든 넥스트의 노래 중에 《껍질의 파괴》라는 노래가 있다. 이 노래의 가사 일부를 봐도 얼마나 많은 사람들이 자신의 껍질을 깨지 못하면서 사는지 잘 보여준다.

> "부모가 정해놓은 길을 선생이 가르치는 대로 친구들과 경쟁하며 걷는다. 생각할 필요도 없이 모든 것은 정해져 있고, 다른 선택의 기회는 없는가. 끝없이 줄지어 걷는 무표정한 인간들 속에 나도 일부일 수밖에 없는가. 껍질 속에 나를 숨기고 이대로 살아야 하는가. 언젠가 내 마음은 빛을 가득 안고 영원을 날리라."

오늘부터라도 자신의 껍질을 깨는 연습을 해보자. 껍질을 깬다는 것! 탈피한다는 것은 전과 다르게 앞으로 나만의 멋진 인생을 펼치기 위한 날갯짓이다. 그 과정은 분명히 쉽지 않지만, 꾸준하게 나아가다 보면 반드시 나비처럼 훨훨 날아갈 수 있다. 이제 그만 자신의 껍질을 깨고 밖으로 나오자.

저평가된 우량주

어김없이 연말이 되면 예능, 연기, 노래 등 각 분야별로 연예인들의 시상식이 열린다. 식상할 법도 한데, 그래도 1년 동안 열심히 활동한 그들 중 누가 상을 받는지 궁금하기도 하다. 2021년 크리스마스 당일에 우선 K본부 연예대상이 열렸다. 본 방송은 강의로 인해 보지 못하고, 다음날 기사와 유튜브 영상으로 수상자를 확인했다.

특히 누가 영예의 대상을 받았는지 인터넷 기사를 클릭했는데, 1박 2일 등으로 한창 주가를 올리고 있는 문세윤이 받았다. 예전부터 그의 개그 스타일을 참 좋아해서 눈여겨 보고 있었다. 웃기는 것은 기본이고 춤이나 노래 등의 재능도 탁월해서 곧 스타가 될 줄 알았는데, 길고 긴 시간을 보냈다고 한다.

작년에 데뷔 후 처음 최우수상을 받고 올해 더욱 더 K본부에서 활약을 했던 그다.

유튜브 영상으로 그의 수상식 장면을 다시 봤다. 시상자가 문세윤의 이름을 호명하자 그는 화들짝 놀란다. 자신이 탈 줄 몰랐다는 듯이 한참 주변을 두리번거렸다. 상을 받고 수상소감을 말하는데도 꿈을 꾸는 것 같았다고 말했다. 그동안 상복은 없었지만 인복이 많아 힘든 시절을 묵묵히 견디었다는 그의 한마디에 조금 찡했다.

그는 예능계 최고의 자리에서 롱런하는 신동엽에게 어떻게 오랜 시간 사랑받을 수 있었는지에 대해 물었다고 한다. 그의 질문에 신동엽은 "그런 걱정 하지마. 너는 저평가된 우량주야." 라고 하며 좀 더 열심히 하면 반드시 사람들이 알아줄 날이 올 거라고 격려했다. 그런 대답을 들은 문세윤은 자신감을 가지고 예능 활동을 이어나갔다고 담담하게 수상소감을 이어나갔다.

거꾸로 예능계를 넘어 연예계에서 최정상에서 군림하고 있는 유재석도 꽤 오랫동안 무명으로 활동했다. 처음에는 아무도 알아주지 않는 저평가된 연예인이었지만, 서서히 자신만의 노력과 재능으로 데뷔 후 10년이 넘어서야 우량주가 되었다. 진짜 주식 투자도 각 분야에서 저평가된 우량주를 잘 발견해서 투자해야 대박을 노릴 수 있다.

세상에는 묵묵히 자신만의 일을 하지만 아직 빛을 발하지 못한 '저평가된 우량주'인 사람들이 많다. 나 또한 스스로 그렇게 믿고 싶다. 아직까지 세상에 많이 알려지지 않았지만, 계속 나만의 글을 쓰고 묵묵히 할 수 있는 활동을 이어나가면 언젠가는 우량주로 올라설 수 있지 않을까? 꼭 그렇게 되지 않더라도 스스로 우량주라고 생각하면서 포기하지 않는다면 인생에 한 번쯤은 대박날 기회는 오리라고 확신한다.

여전히 자신의 인생이 시궁창이거나 힘들다고 하는 사람들이 있다면 '세상이 아직 이런 대단한 나를 몰라주고 제대로 평가하지 못하는구나'라고 편하게 생각하자. 아직 자신의 운이 맞는 때가 오지 않았다고 믿자. 내가 할 수 있는 일에 최선을 다하고 집중한다면 저평가된 우량주로 살아온 그 시간에 대해 반드시 보상을 받고 그 가치가 빛날 것이다. 세상의 저평가된 우량주들이여! 힘내자.

이 세상에 오로지 하나뿐인 나

“당신이 한 실패가 실패인가요? 그런 게 실패라면 나는 아주 폭망한거네. 이 따위 책 써서 출간할 거면 쓰지마요.”

“모멘텀? 무슨 말장난도 아니고, 모멘텀이란 말이 지금 이 책의 내용과 맞는다고 생각하십니까?”

“예전 어린 시절 기억도 나고 다 좋은데, 글이 너무 투박합니다. 이런 실력으로 책을 출간해도 되는지…….”

2015년부터 본격적으로 글을 쓰기 시작해서 2016~2017년에 자기계발서 《모멘텀》, 《미친 실패력》과 에세이 《나를 채워가는 시간들》을 출간했다. 아직 출간할 수 있을지 자신감이 없었지만, 반복해서 글쓰기 강의를 듣고 책을 보면서 매일 조금씩 써나갔다. 오로지 서점에 내 이름으로 된 책을 내고 싶다는 일념 하에 먹고 일하는 시간을 제외하고 모든 시간을 투자했다.

그렇게 2년 내 세 권의 책이 출간되고 내 품에 안겼을 때의 느낌은 지금도 잊을 수가 없다. 해냈다는 성취감과 짜릿함은 그 무엇과도 비교할 수 없었다. 그러나 역시 모든 사람들이 내 책을 좋아하고 만족시키는 것은 어불성설일 것이다. 유명 가수나 작가에게도 안티가 있기 마련이다.

하지만 책을 읽고 쓴 리뷰 중 위에 소개했던 혹평을 보면 답답하고 마음이 좋지 않다. 정말 그렇게 글이 투박하고 내용이 형편없었는지 물어보고 싶었다. 물론 감정이 안 좋은 상태라 객관적으로 판단하는 게 어려워서 그랬는지 모르겠다. 그들이 평가한 내용을 흘려버리거나 잘 새겨듣고 다음부터 고치면 그만인데 여전히 악플이나 혹평을 마주하기 되면 감정을 다스리는 것이 쉽지 않다.

글을 쓰면서도 계속 비아냥대는 사람들이 많았다. 특히 같은 분야에서 일하는 선배가 계속 글을 써서 책을 내면 네가 돈을 많이 벌 수 있을 것 같냐고 일주일에 한 번씩 문자를 보냈다. 한두 번은 참고 넘어가는데, 두 달 동안 매주 1회 같은 메시지로 내 속을 박박 긁었다. 참다못해 혹시 나한테 억하심정으로 그러냐고 물어봤다.

너같은 사람이 무슨 책을 낼 수 있겠냐고 계속 웃으면서 이야기하자 참다가 폭발했다. 한번 더 그러면 선배고 뭐고 없으니 제발 내가 글을 쓰든 뭘하든 신경 끄라고 전했다. 그랬더니 자기 지인들을 동원해 그까짓 글이 무슨 대단하다고 유세 부리지 말라며 매주 메시지를 보냈다. 그래도 지금까지 10년 넘게 잘 지내온 인연이 있어 차단까지 하지 않으려고 했지만, 어쩔 수 없었다. 같은 분야에서 일을 할 때는 누구보다 친절하고 잘 챙겨준 형이지만, 글쓰기를 하고 나서 무엇인가 열등감에 빠져 나를 깎아내리기 바빴다.

그 선배와 무리들을 차단하고 나서 나만 생각하기로 했다. 어차피 이 세상에 오로지 하나뿐인 내가 글을 써서 작가가 되기로 마음먹었다면 다른 사람들의 시선은 신경쓸 필요가 없다. 내가 할 수 있는 만큼 글을 쓰고 계속 앞으로 나아가기만 하면 되었다. 그렇게 생각하니 위에 내 책에 좋지 않은 댓글을 단 사람들도 이해가 되었다. 아예 관심이 없는 것보다 그래도 읽어주고 평가는 해주었으니 아무것도 하지 않는 사람들보다 백

배 낫다.

그 뒤로 누가 뭐라해도 신경쓰지 않고 매일 나만의 글을 썼다. 그렇게 또 시간이 지나고 몇 권의 책을 출간했다. 얼마 전 모르는 번호로 전화가 왔다. 차단했던 그 선배다. 닥치고 글쓰기 책을 읽으면서 글을 한 번 써보기로 했다고. 그 시절 너에게 비아냥대고 놀린 것은 미안하다고. 사람들이 뭐라 해도 묵묵히 너의 글을 쓰면서 지금까지 책을 낸 네가 참 멋지다고. 그냥 듣기만 했다. 선배도 내 책 잘 읽어보면서 멋진 글을 한번 써보면 좋겠다는 한 마디만 던지고 끊었다.

이제 나는 세상에 하나뿐인 나만의 글을 쓰는 직장인 작가이다. 예전과는 달리 어느 순간이나 당당하게 세상을 향해 독서와 글쓰기를 하고 있는 사람이라 외친다. 많은 사람들에게 읽고 쓰는 삶을 전파하는 멋진 메신저라고 소리친다. W.C. 필즈가 이야기한 "사람들이 당신을 뭐라고 부르는지 중요하지 않다. 문제는 당신이 그 사람들에게 뭐라고 대답하는지이다"라는 말을 명심하자.

이 세상에 많은 사람이 있지만 오로지 자신은 하나뿐이다. 움츠러들지 말고 언제나 이 세상 앞에 나라는 존재를 당당하게 드러내자. 그것만이 자신만의 근사하고 멋진 인생을 사는 유일한 방법이다.

시간을 견뎌야 성장할 수 있다

우리나라 강사 중에 가장 유명한 사람을 꼽으라고 하면 아마 김미경 강사를 꼽을 것이다. 이미 1990년대부터 지금까지 동기부여 강사로 널리 알려진 사람이다. 학력 위조로 인해 잠시 주춤하긴 했지만, 코로나19가 유행하면서 유튜브와 자신이 설립한 MKYU 클래스로 많은 사람들의 멘토로 다시 활동하고 있다.

그녀가 요새 514 챌린지라는 것을 하는 듯하다. 직접 참여하고 있지 않지만, 그녀의 유튜브 채널에 항상 514 챌린지 영상이 매일 올라온다. 그 영상을 점심시간에 자주 본다. 최근에 본 영상에서 인상 깊은 구절을 발견했다. 그 내용을 바탕으로 오늘은 한번 글을 써보기로 했다. 바로 '시간을 견뎌라!'라는 구절이 그것이다.

주변에 자신의 분야에서 확실한 성과를 내고 있는 사람들이 많이 보인다. 각기 분야는 다르지만 공통점을 하나 찾을 수 있다. 그들이 성공하기까지 최소 2년에서 5년 정도의 시간이 걸렸다는 점이다. 처음부터 두각을 나타내서 성공하는 이들도 있지만, 그 수는 그렇게 많지가 않다.

타이밍과 운, 실력이 절묘하게 잘 맞아 단기간에 성과를 낼 수 있지만, 오래 가는 사람을 지금까지 거의 보지 못했다. 시작이 미약하더라도 꾸준하게 자신의 길을 걸어가면서 시간을 견디었던 사람들이 결국 빛을 보는 경우가 많았다. 김미경 강사가 514 챌린지에서 언급한 내용을 요약하면 다음과 같다.

"프로가 되기 위해서는 어느 정도의 시간이 투자되어야 한다. 프로는 내가 쌓은 것 위에서 시작한다. 시간을 견딘 실력이 복리 효과로 눈덩이처럼 커진다. 시간은 정직하다."

정말 공감한다. 2030 시절 엄청난 스트레스를 받으면서 도시계획 인허가 업무를 직접 수행했다. 12년 정도 하면서 인간 이하의 취급을 받은 적도 많았다. 왜 그리 사람을 무시했는지 모르겠으나 그 수치심을 견디면서 실력을 키웠다. 그것이 바탕이 되어 지금까지 일할 수 있는 원동력이 되었다. 그 시간을 견디지 못하고 다른 일을 선택했더라면 어떻게 되었을지 궁금하다. 그 기간을 견디고 나서야 땅에 대한 검토는 누구 못지 않게 할 자신이 생겼다.

10년 전 다니던 네 번째 회사에서 해고를 당한 후 인생의 나락으로 떨어졌다. 다시 살기 위해서 생존독서를 시작했다. 그렇게 적용하고 나서 인생이 힘든 사람들을 도와주고 싶어 글쓰기도 병행했다. 작가라는 꿈을 처음으로 가지게 되었다. 5줄 이상 쓰지 못했던 내가 인생에서 처음으로 절실한 마음으로 매일 글을 썼다.

단지 내 이름 석 자가 새겨진 책이 서점에 깔리는 꿈만 꾸었을 뿐인데, 주변의 많은 사람들이 비아냥거렸다. 네가 무슨 책을 쓰냐고 무시했다. 그런 사람들의 말에 처음에는 신경이 쓰여 의기소침했던 적도 많지만, 포기하고 싶지 않았다. 그 결과 2016년 4월 첫 책《모멘텀》을 출간했다. 이후 실력이 부족해도 계속 글을 쓰면서 책을 출간했다. 그 기간에도 나를 무시하는 듯한 시선을 많이 느꼈다. 여전히 마음은 좀 힘들었지만 시간을 견디면 반드시 좋은 날이 올 것을 믿고 계속 썼다.

2015년부터 시작한 글쓰기는 6년차가 되던 해《지금 힘든 당신! 책을 만나자》와 7년차에《닥치고 글쓰기》를 출간하는 데 이르렀다. 그 두 권의 책으로 도서관과 백화점 초청강의, 자체적으로 기획한 글쓰기 과정 런칭 등의 성과를 냈다. 이러한 시기를 거쳐 비로소 조금 성장했다고 느꼈을 때는 바로 멘티들이 자신들도 누군가의 멘토가 되었다고 전해오는 말을 듣는 순간이었다. 온몸에 소름이 돋았다. 그동안 나름대로 절박하게 노력했던 시간들이 이제야 보상을 받는 느낌이랄까?

많은 사람들이 새로운 도전을 하지만, 성과를 내거나 목표를 이루는 경우가 많지 않다. 한두 번 해보고 잘 되지 않으면 금방 포기하기 때문이다. 꼰대 같은 소리라고 할지 모르지만, 젊은 후배들도 쉬운 일만 찾아서 편하게 일하려는 경우를 많이 봤다. 무엇이든 전문가 정도의 소리를 듣기 위해서는 최소 3~5년 정도를 시행착오를 겪는 기간으로 봐야 한다. 그 시간을 견디면서 내 실력을 쌓자. 시간이 지나고 직접 실력이 쌓이는 순간부터 서서히 복리효과가 나타난다. 그렇게 쌓인 실력은 쉽게 무너지지 않는다. 시간을 견뎌야 성장할 수 있다.